비가 와도
꽃은 피듯이

비가 와도
꽃은 피듯이

말기 암
치매 아빠와의
76일

노신화 지음

포레스트북스

"아버님은 어떤 분이세요?"

"네? 저희 아빠요? 어…… 갑자기 물으시니까. 그냥 뭐…… 흐음……."

멋쩍게 웃어 보이며 고개를 갸웃했다. 당혹스러웠다. 딱히 떠오르는 것도 없을뿐더러 생각한다는 것 자체가 왠지 낯설기까지 했다. 난감했던 나는 결국 헛웃음을 지으며 대답을 얼버무리고 말았다.

아빠와의 사이가 나빠서가 아니다. 살가운 딸은 아니었지만 그렇다고 둘 사이에 마음의 거리가 있었던 것도 아니다. 바쁜 일상이 갈라놓은 적당한 거리쯤이라고나 할까.

아빠…….

나를 이 세상에 존재하게 해 준 사람. 한때는 그 무릎에 서로 앉으려고 언니와 힘겨루기를 하기도 하고, 아빠가 일을 나갈 때면 나도 데려가라며 문 앞에서 양팔을 벌린 채 떼를 쓰기도 했다. 아빠가 집에 있는 동안에는 그림자처럼 곁을 따라다녔다. 드라이버를 들고 선풍기의 나사를 푸는 모습이 맥가이버보다 멋져 보였고, 막걸리를 들이켜고 '캬' 하는 소리가 그렇게 듣기 좋을 수가 없었다. 어쩌다 아빠와 눈이라도 마주치면 나도 모르게 배시시 웃어 보였다. 그랬다. 초롱 초롱한 나의 눈망울은 늘 아빠를 향해 있었다. 세월이 흘러, 자연스럽게 시선은 아빠가 아닌 다른 곳으로 서서히 옮겨 갔다. 그러다가 한순간 시야에서 완전히 사라져 버렸다.

그랬던 내 삶이 다시 아빠로 가득 찼다. 서른다섯의 나는 코흘리개 시절에 그랬던 것처럼 아빠를 눈 안에 담고 또 담았다. 그 시작은 갑작스럽게 찾아온 소식 때문이었다.

"남은 수명이 길면 6개월, 짧으면 3개월입니다."

너무 당황해서 계속 눈만 껌뻑거렸다. 대체 지금 뭐라는 건지……. 온몸이 굳어 버려 미동조차 할 수 없었다. 한동안 멍하니 허공만 바라봤다. 그러다 왈칵 눈물이 쏟아졌다.

한번 흐르기 시작한 눈물은 도무지 주체하기 힘들 지경이었다. 얼마나 흘렀을까. 목이 갈라져 쉰 소리가 나고 눈물마저 말라 버려 더 이상 흐르지 않을 때쯤, 그제야 현실이 보였다. 마음이 다급해졌다. 아빠를 이대로 보낼 수는 없었다.

시한부 선고는 '끝'이 아닌 '시작'이었다. 아빠가 새롭게 보이기 시작했다. 전에는 무심코 스쳐 보냈던 표정, 말, 행동, 몸짓이 내 눈과 가슴에 스미듯 담겼다. 아빠를 바라보는 일분일초가 소중하게 다가왔다. 뒤늦게나마 아빠를 알고 싶었다. 돌이켜 보니 아빠에 대해서는 모르는 것이 너무 많았다. 어떤 노래를 좋아하는지, 왜 그토록 집을 떠나기 싫어했는지, 가장이 아닌 아들로서의 삶은 어땠는지, 나의 결혼식 내내 왜 무표정으로 고개만 숙이고 있었는지. 아빠의 딸로서 서른다섯 해를 사는 동안 외면하고 깨닫지 못한 것이 너무도 많았다.

부디 너무 늦지 않았기를 바랐다. 참으로 무심한 딸이었다. 남의 경조사는 살뜰하게 챙기면서 아빠에게는 관심이 없었다. 주위 사람들의 고민은 귀 기울여 들었으면서 아빠가 살아온 날들에 대해서는 아는 바가 거의 없었다. 누군가 나로 인해 받았을 상처에는 전전긍긍했으면서 정작 나 자신이 아빠에게 준 상처는 알지 못했다.

나를 보는 의사의 눈빛은 이별을 준비하라고 했지만 받아들일 수 없었다. 아빠의 건강을 되찾아 드리고 그동안의 빚들을 하나씩 갚아 나가야 했다. 함께하고 싶은 일들이 많았다. 행복하게 해 드리고 싶었다. 하지만 화창한 어느 가을 아침에 아빠는 영영 내 곁을 떠났다. 발병 후 76일 만이었다.

그런데 희한하게도 아빠와의 마지막 나날을 생각하면 슬프기보다는 웃음이 난다. 아빠와의 이별까지 76일. 우리 가족은 슬퍼하는 법을 몰랐다. 아빠를 웃게 만들고, 행복한 기억만 가득 심어 주기에도 모자란 시간이었으니까.

우리는 병원이 무섭다며 아이처럼 떼쓰는 아빠를 위해 영화에서나 나올 법한 작전을 꾸미고, 배우처럼 명연기를 펼쳤다. 기억을 못 하는 아빠의 반복되는 질문에도 마치 처음 있는 일인 것처럼 반응했다. 그렇게 아빠를 속였다. 봄날처럼 찾아올 기적을 꿈꾸면서. 그것은 시한부 선고라는 지독한 절망 속에서도 아빠를 웃게 했고, 가족에게 희망을 주었으며, 어둡고 차가운 병실을 따뜻하게 밝혀 주었다. 물론 이 모든 것은 가족이기에, 함께이기에 가능했다.

아빠와의 남은 시간과 소중한 기억을 지키기 위해 똘똘 뭉치면서, 그저 하루하루 사느라 바빠 잊고 있던 가족의 고마움도 새삼 깨달았다. 아빠의 말기 암이 가져다준 선물이라고 해야 할까.

이 책은 시한부 선고 이후 돌아가시기까지, 아빠와 동행한 기록이다. 마음이 정리되고 봄을 봄으로 느낄 수 있게 된 그날부터 책상에 앉아 아빠와의 마지막 순간들을 글로 쓰기 시작했다. 그리고 한 장 한 장 쓰면서 깨달았다. 아빠를 보내고, 아빠를 만났다는 것을……. 아빠와 함께 써 내려간 이 책이 부디 천국에 닿기를 바란다.

차 례

1부

끝이 아닌
시작

°

먹 구 름

　정적을 깨는 전화벨이 울렸다. 작은언니다. 서둘러 수신
버튼을 눌렀다. 아빠의 입원 소식에 걱정이 되긴 했지만 내
심 큰일이야 있을까 했다. 피부색만 노랗게 변했을 뿐 아픈
곳도, 딱히 눈에 띄는 증상도 없다고 들었으니까. 치료받고
며칠 내로 퇴원하면 된다고 할 줄 알았다. 그런데 수화기 너
머로 울먹이는 목소리가 들려왔다.

　"결과가 나왔는데…… 아빠 몸에서 혹이 발견되었대."

　"뭐?"

　초조해진 마음을 붙들고 다그치듯 물었다. 무슨 소린지,
대체 어디에 혹이 있다는 건지.

"간(肝) 쪽이래. 우리 아빠 어떡해……."

덜컥 심장이 조여 왔다. 언젠가 읽었던 「침묵의 살인자, 간암」이라는 기사가 떠올랐다. 말기에 다다를 때까지 징후를 보이지 않다가 더 이상 손을 쓸 수 없는 상태에 이르러서야 발견되는 것이 바로 간암이다.

아빠의 상태를 다그쳐 물어도 언니는 울기만 했다. 일순간 싸늘한 공기가 나를 둘러쌌다. 기분 탓이었을까, 바람 때문이었을까. 피부를 뚫고 몸속까지 흘러든 한기에 온몸이 떨려 왔다. 호흡이 거칠어지고 머리가 아찔했다. 어찌 되었건 한시라도 서둘러 병원에 가야 했다.

지하철을 타자마자 휴대폰을 꺼내 암을 검색했다.

'암 생존율을 알고 싶습니다.'

'저희 아빠가 암이래요.'

'간암 극복 방법 좀 제발 알려 주세요.'

제목만으로도 애타는 심정이 전해졌다. 마음이 심란해지던 차에 기적적으로 암을 이겨 낸 사람들의 이야기도 간혹 보였다. 중요한 것은 반드시 극복하겠다는 환자의 의지, 나약한 모습을 보이지 않고 환자를 격려하는 보호자의 태도라고 했다. 거침없이 달리는 지하철 안에서 다짐했다. 겁먹지 않기로, 절대 울지 않기로.

　문을 열고 병원 안으로 들어서자 숨이 턱 막혔다. 문 하나
를 사이에 뒀을 뿐인데 공기가 달리 느껴졌다. 내 어깨를 짓
누르는 불안감에 가슴이 답답해졌다. 왜 사람들이 입원하면
그렇게도 바깥바람을 쐬고 싶어 하는지 그 이유를 알 것 같
았다. 단단히 마음먹고 병원에 들어섰건만 병실로 다가갈수
록 두려움은 점점 커져만 갔다.

　병실 앞. 벽에 붙어 있는 하얀 종이에 적힌 아빠 이름 석
자가 선명했다. 문에 닿은 손이 미세하게 떨렸다. 심호흡을
한 번 하고 조심스럽게 병실 문을 열었다. 안으로 들어서자
침대에 앉은 채 허공을 바라보고 있는 아빠가 보였다. 그 모
습에 갑자기 코끝이 시큰거렸다. 하지만 마른침을 꿀꺽 삼키
고 최대한 발랄하게 인사했다.

　"아빠, 나 왔어!"

　나를 보자 눈을 휘둥그레 뜨고 고개를 끄덕이는 아빠. 무
척이나 낯선 모습이었다. 막내딸이 친정에 갈 때마다 현관
앞에서 환하게 웃으며 맞아 줬는데……

　보호자용 침대에는 엄마와 작은언니가 앉아 있었다. 엄마

는 어깨를 축 늘어뜨린 채 힘없이 인사했고, 작은언니도 고개만 까딱했다. 언니의 눈과 코는 이미 벌겋게 변해 있었다. 건드리면 금방이라도 울음을 터트릴 것만 같았다. 그럴 만도 했다. 봄볕 같던 하늘에 갑자기 먹구름이 몰려올 줄 가족 중 누가 예상이나 했을까.

"회사는?"

아빠가 물었다. 평소 같으면 한창 근무할 시간에 느닷없이 병원에 나타난 막내딸이 걱정스러운 모양이었다.

"우리 아빠 보고 싶어서 일찍 끝내고 달려왔지. 잘했지?" 일부러 장난스럽게 대답하며 웃어 보였다. 사춘기 이후로 처음이었다. 아빠에게 애교 섞인 어리광을 부린 것이. 서른다섯 살 막내딸의 어색한 애교에 아빠는 그저 말없이 고개만 끄덕였다.

하얀 환자복 때문인지 아빠의 얼굴이 유난히 더 노랬다. 피부색만 빼면 아빠의 모습은 3주 전 가족 모임 때와 크게 다르지 않았다. 7 대 3 가르마로 단정하게 빗어 넘긴 머리, 얼굴의 3분의 1이나 차지하는 넓은 이마, 미끄러지듯 부드러운 곡선이 돋보이는 오뚝한 콧날, 작지만 다부진 입술, 모두 그대로다. 도무지 병원에 있을 이유가 없어 보였다. 그때 작은언니가 조심스럽게 아빠의 환자복을 걷어 올렸다. 아빠의 배를 뚫은 작은 구멍으로 투명한 실리콘 관이 들어가 있었다. 그 끝에는 손바닥만 한 비닐 주머니가 달려 있었다. 빨간색, 노란색, 초록색이 뒤섞인 정체불명의 액체가 실리콘 관을 타고 비닐 주머니 속으로 흘러들었다. 그 액체는 몸속에 가득 차 있던 담즙이었다. 아빠의 얼굴이 노래진 이유는 담즙이 흘러야 할 담도(담관)에 생긴 종양 때문이었다. 종양에 막혀 담즙이 몸속에 고였고, 그로 인해 혈중 담즙 색소 농도가 높아지면서 인위적으로 담즙을 빼내는 조치가 필요했던 것이다.

"아빠…… 괜찮아?"

"괜찮아."

아빠는 고개를 끄덕이며 말했다. 나는 손을 뻗어 살포시 아빠의 손등 위에 올렸다. 몇 년 만에 만져 본 손은 얼음장처럼 차가웠다. 가늘고 기다란 것이 꼭 한겨울 매서운 바람을 맞아 얼어붙은 나뭇가지 같았다. 내 두 손바닥으로 아빠의 손을 포개고는 빠르게 비비고, 한 번씩 입김도 불어넣었다. 아빠는 말없이 딸에게 두 손을 맡겼다. 기분이 묘했다. 늘 아빠에게 의지만 하던 나였는데…….

아빠의 손에서 서서히 열이 오르는 것이 느껴졌다. 성냥불 같은 작은 온기가 손을 타고 내 마음까지 전해져 왔다.

시 한 부
선 고

작은언니가 한 여자를 복도로 데려왔다. 내 또래로 보이는 걸로 봐서 아마 그녀의 아버지도 우리 아빠와 비슷한 연배일 듯했다. 그녀는 안타까움이 서린 표정으로 나와 언니를 바라봤다. 순간 바짝 긴장하고 말았다. 지금 상황에서 우리가 기댈 수 있는 사람은 오로지 이 젊은 의사뿐이었다.

잠시 정적이 흐른 뒤, 그녀가 입을 뗐다. 60대 장년층에게 많이 발생하고 예후가 안 좋은 담도암. 치료해도 회복이 어려운 암이다. 아빠의 담도암은 이미 전이가 꽤 진행되었고, 현재 상태로는 별다른 치료 방법도 없어 손쓰기 힘든 상황이라고 했다.

거대한 태풍 앞에 맨몸으로 내던져진 절망감을 처음으로 느꼈다. 잔인한 운명에 휩쓸린 무기력한 인간이라는 게 이런 거구나 싶었다. 그녀의 한마디 한마디가 날카로운 창이 되어 내 심장을 마구 찔러 댔다. 더는 듣고 있기가 힘들었다. 빠르게 말을 이어 가던 그녀가 잠깐 멈췄다. 그러더니 나와 언니를 번갈아 쳐다보고는 조심스럽게 말을 꺼냈다.

"이대로라면…… 남은 수명이 길어도 6개월, 짧으면 3개월입니다."

"네?"

내 귀를 의심했다. 턱 밑까지 숨이 차올랐다. 호흡을 가다듬고 발병 시기를 물었지만 알 수 없다는 대답만 돌아왔다. 두 눈을 질끈 감고 주먹으로 가슴을 연달아 쳤다. 매년 온 가족이 건강 검진을 받아 왔지만 아빠만은 항상 예외였다. 건강이 나쁠 리 없다고 생각했으니까.

평소 아빠는 운동을 게을리하지 않았다. 심지어 집에서 시간을 보내는 동안에도 거실 끝에서 주방 끝까지 부지런히 걸어 다녔다. 일상에서도 특별할 게 없었다. 출출하면 식탁 위에 엄마가 놓아 둔 과일을 먹었고, 심심하면 텔레비전으로 동물 다큐멘터리를 봤다. 그러다 피곤해지면 침대에서 이리

뒹굴, 저리 뒹굴 하다가 잠에 들곤 했다.

아빠의 나날은 누구보다 평온했다. 스트레스 따위야 있을 리가 없고, 당연히 건강에도 이상이 없을 거라고 믿었다. 그래도 혹시나 하는 마음에 올해부터는 건강 검진 센터에 모시고 갈 생각이었는데……. 조금만 더 서둘렀다면 소리 없이 덩치를 키운 저 암 덩어리를 막을 수 있지 않았을까?

옆에서 흐느끼던 작은언니가 의사의 손을 덥석 잡았다.

"우리 아빠 절대 포기할 수 없어요! 정말 소중한 분이니 제발 살려 주세요. 전 아빠 없인 못 살아요!"

울먹이며 애원하는 언니. 그 말을 듣는 순간, 뒤통수를 세게 얻어맞은 기분이 들었다.

사회생활을 시작하고부터 아빠는 자연스럽게 내 삶의 언저리로 밀려났다. 딱히 싫어할 이유도 없었고, 싫어하지도 않았다. 그저 '아빠'라는 존재가 내 관심 밖이었을 뿐. 결혼하고서는 특히 더했다. 매일 엄마와 깔깔거리며 통화하면서도 아빠의 안부는 늘 빠져 있었다. 가끔 엄마가 전화를 바꿔 주면 의례적으로 하는 말 몇 마디가 오가는 게 전부였다. 하지만 엄마가 "막내 전화 좀 받아 봐" 하면 아빠는 한걸음에 달려와 건네받았다. 반가움과 어색함이 뒤섞인 목소리로

"신화냐?"라며 안부를 묻던 아빠. 친정에 갈 때마다 가장 먼저 나를 맞아 준 사람도 아빠였다. 문을 열고 들어서면 세상 다 가진 사람처럼 웃는 아빠가 서 있었다. 이렇게 될 줄 알았다면 그때 전화 좀 살갑게 받을걸. 좀 더 예쁘게 웃어 줄걸.

어느덧 설명을 마친 의사가 더 궁금한 것이 있느냐며 물었다. 작은언니는 울다 지쳐 기진맥진한 상태였다. 언니의 가늘어진 울음소리가 천장에 닿아 힘없이 부서지며 복도에 퍼졌다. 나는 뒤돌아 걸어가는 의사를 붙잡을 수가 없었다. 무엇을 어찌해야 할까. 뭐라도 말해야 할 것 같았지만 그럴수록 머릿속은 더욱 하얘졌다.

작은언니는 길 잃은 아이처럼 훌쩍거렸다. 내가 다가가서 안아 주자 언니는 어깨까지 들썩이며 아예 목 놓아 울기 시작했다. 짠한 마음과 두려움이 동시에 내 가슴을 파고들었다. 내 볼에도 뜨거운 것이 흘러내렸다. 한번 쏟아진 눈물은 걷잡을 수 없이 번졌다. 그렇게 두 어른아이는 서로를 부둥켜안고 한참을 꺼이꺼이 울었다.

환 갑 의
기 적

시간이 어느 정도 지났을까? 문득 과거의 한 장면이 뇌리를 스쳤다. 나는 울음을 멈추고 작은언니를 일으켜 세웠다. 눈물로 그렁그렁한 언니의 두 눈을 보며 단호하게 말했다.

"아냐, 아빠는 반드시 이겨 낼 거야. 병원에서는 늘 최악의 상황을 얘기하잖아. 기억 안 나? 예전에 아빠가 중환자실에 있었을 때도 그랬잖아."

7년 전, 회사에서 지방으로 1박 2일 워크숍을 갔을 때였다. 저녁 식사 후 동료들과 이야기를 나누고 있는데, 갑자기 전화벨이 울렸다. 엄마였다. 어차피 내일이면 볼 텐데 무슨

일인가 싶었다. 그런데 수화기 너머로 들려온 엄마의 목소리
는 무척이나 다급했다.

"아, 아빠가 숨을 안 쉬어!"

아침까지만 해도 멀쩡하게 날 배웅해 주던 아빠였다. 전화
를 끊자마자 정신없이 뛰쳐나갔다. 서울로 향하는 심야 버스
에서 나는 도착할 때까지 안절부절못했다. 고속버스는 어둠
을 뚫고 매섭게 달렸지만, 나에게는 시간이 정지된 것 같았
다. 자정이 거의 다 돼서야 병원에 도착했다. 중환자실 앞에
모여 있는 우리 가족이 보였다. 나는 터져 나오려는 눈물을
애써 참으며 물었다.

"아빠는?"

아직 중환자실에 있다는 말에 다리가 풀려서 금방이라도
쓰러질 것 같았다. 아빠의 병명은 급성 폐렴이었는데 상황이
좋지 않았다. 한참 후 중환자실에서 담당 의사가 나오자 온
가족이 에워쌌다. 의사는 마음의 준비를 하라는 말만 남기고
는 복도 끝으로 사라졌다. 화가 치밀어 올랐다. 아침까지 건
강하던 사람이 단 몇 시간 만에 이럴 수는 없었다. 하지만 무
너진 가족이 아빠를 위해 할 수 있는 거라곤 고작 오열하는
일뿐이었다.

다음 날 아침이 되어서야 아빠를 만날 수 있었다. 중환자
실의 면회는 하루 두 번뿐이었고 그마저도 10분 내외였다.
호흡기를 한 채 눈을 껌뻑거리고 누워 있는 아빠의 모습에
솟구쳐 나오려는 눈물을 가까스로 억눌렀다. 어쩌면 마지막
이 될지도 모르는데 우는 모습을 보여 줄 수는 없었다. 애써
미소를 지으며 다가갔다. 나를 본 아빠가 천천히 팔을 뻗어
내 손을 잡았다. 그러더니 손아귀에 있는 힘껏 힘을 주었다.
아빠의 손자국이 내 손에 선명히 남았다. 가족과 헤어지기
싫은 절박함이었다.

아빠는 세차게 고개를 흔들었다. 입과 목구멍을 막고 있는
두꺼운 호스를 떨쳐 버리려 안간힘을 썼다. 호흡기가 꼼짝도
안 하자 아빠는 내 눈을 뚫어져라 보더니 고개를 연신 가로
저었다. 그렇게 눈빛과 고갯짓으로라도 전하고 싶었던 말을
나는 전혀 알아듣지 못했다. 그저 "빨리 나아서 퇴원하자"는
말 외에 할 수 있는 게 없었다. 면회 시간이 끝났다는 얘기에
아빠는 내 손을 더욱 꽉 잡았다. 고개를 절레절레 흔들며 불
안한 눈빛을 보냈다. 제발 가지 말라는 것처럼.

"아빠, 다시 올게. 금방 또 보자."

아빠의 이마에 손을 대고 말해 주자 아빠는 그제야 내 손

을 스르르 놓았다.

　며칠이 지난 어느 날, 병실에 간 나는 눈을 의심했다. 아빠가 침대 난간에 양손이 묶인 채 버둥거리고 있었다. 충격적이었다. 내게 다가온 간호사가 짜증 섞인 말투로 말했다. 환자가 손으로 호흡기를 잡아 빼서 어쩔 수 없었다면서. 순간 화가 치밀었다.

　'뭐라고요? 당장 이거 풀어요! 가뜩이나 힘든 환자에게 이게 뭐하시는 겁니까? 간호사 님 아버지였어도 이랬을 건가요? 당장 풀어요, 당장!'

　목구멍까지 올라온 말이었지만 차마 하지 못하고 입술만 깨물었다. 면회 시간이 끝나면 또다시 아빠를 그 간호사에게 맡겨야 하니까. 화를 내는 대신 간절한 눈빛으로 정중하게 말했다. 환자가 너무 힘들어 보이니 풀어 달라고. 아빠는 손이 자유로워지자 순식간에 호흡기를 잡아 뺐다. 기계에서 요란한 경보음이 울렸고, 놀란 나는 "아빠!" 하고 소리쳤다. 간호사들이 달려와서는 보호자들은 나가 달라며 단호하게 말했다. 울먹이며 뒷걸음치는 가족의 모습을 아빠는 끝까지 응시했다. 두 팔이 붙들린 채 꼼짝도 못 했지만 눈빛만은 강렬했다. 복도로 나오자마자 바닥에 주저앉았다. 입을 틀어막고 울음을 삼켰다. 가지 말라고 애원하는 아빠의 눈빛이 머릿속에서 떠나질 않았다.

상황은 점차 나빠져 갔다. "오늘이 고비입니다", "더 이상 생명 연장은 무리입니다"라는 의사의 말을 들을 때마다 온몸을 파르르 떨렸다. 언제 올지도 모를 작별의 시간이 어둡게 드리워지고 있었다. 며칠 후면 환갑인데, 그날만이라도 함께 보낼 수 있기를 바랐다.

감사하게도 아빠는 예순한 번째 생신을 맞았다. 일평생 가장 슬픈 생일을. 호흡기를 한 채 양손이 침대 난간에 묶여 있는 아빠의 모습은 금방이라도 바스러질 것만 같았다.

"오늘이 우리 아빠 환갑이네. 예순한 번째 생일을 축하해 아빠. 그리고…… 고마워."

지금까지 버텨 준 것이 고마울 따름이었다. 이제 아빠를 보낼 마음의 준비를 해야 할 일만 남았다는 생각에 가슴이 저며 왔다. 아빠는 가족을 바라보며 힘겹게 고개를 끄덕였다. 이미 마음의 정리를 한 듯 보였다.

그러나 환갑을 보낸 이후 아빠의 생명이 기적적으로 돌아오기 시작했다. 호흡기를 잡아 빼는 일도 없었고, 얼마 후에는 호흡기 없이도 스스로 숨을 쉬었다. 아빠는 곧 일반 병실로 옮겨졌고, 결국 두 발로 걸어서 퇴원했다. 죽음의 그림자를 훌훌 털고 일어난 아빠에게 의사는 기적 같은 일이라 했다.

아빠는 그렇게 가족의 품으로 돌아왔다. 우리는 중환자실에 있던 일을 액땜으로 여겼다. 태어나 꼬박 60년을 살고 예순한 번째 생일을 맞은 날. 아빠의 새로운 인생이 시작됐다. 마치 다시 태어난 것처럼. 환갑을 맞아 죽을 고비를 넘겼으니 앞으로 무병장수할 것이라 믿었다.

"맞아. 그때도 그랬지. 우리 아빠, 내 보물…… 아무 일 없을 거야. 절대 그럴 수는 없어!"

작은언니는 눈물로 범벅 된 얼굴을 연신 끄덕였다. 언니와 나는 약속이나 한 듯 굳게 입을 다물고 서로를 바라봤다. 지지 말자는 의미였다. 7년 전 그날도 우리는 병원 복도에서 부둥켜안고 울었다. 하지만 포기하지 않았고 기적은 일어났다. 그러니 이번에도 모를 일이었다.

아빠는 또다시 죽음과의 사투를 시작했다. 나는 또 한 번 기적을 믿기로 했다. 7년 전에 그랬던 것처럼, 아빠는 반드시 살아서 가족의 품으로 돌아와 줄 것이다. 그때는 아빠 혼자만의 싸움이었지만 이번에는 다르다. 우리가 바로 곁에서 함께하리라. 우리는 서둘러 눈물을 닦고 벌게진 코를 진정시켰다. 병실을 향해 가는 발걸음에 힘이 넘쳤다.

°

병원장이 된
아빠

병실 문을 열자 무거운 공기가 내 마음을 다시 뒤흔들었다. 나는 짧게 심호흡을 했다. 엄마는 작은언니와 나를 보자마자 기다렸다는 듯 물었다.

"의사가 뭐라든?"

"응, 다 괜찮다네. 그냥 몸 노란 거만 원래대로 돌아오면 된다더라고."

막내딸의 명랑한 목소리에 엄마는 그제야 안심하는 눈치였다. 일단 엄마는 지켜야겠다는 생각이 들었다. 아빠 몸에 혹이 있다는 것은 엄마도 이미 알고 있었다. 하지만 혈압이 높은 엄마에게 더 이상 충격을 주면 안 되겠다는 판단이 앞

섰다. 무엇보다도 아빠를 반드시 살려 낼 테니까 군이 절망
적인 얘기를 할 필요가 없었다. 엄마가 더 묻기 전에 얼른 화
제를 바꿨다.

"그나저나 병원이라면 질색을 하는 아빠인데 어떻게 모시
고 온 거야?"

엄마의 얼굴에 금세 웃음이 돌았다.

"하여간 신임이는 정말 대단해. 아빠한테 병원에 가야 한
다고 했더니 절대 안 간다고 고집부리는 거야. 혈압이 팍 오
르더라고. 도저히 안 되겠다 싶어서 신임이한테 전화했지.
아빠 좀 설득해 보라고 했는데, 신임이랑 잠깐 통화하고 나
서 아빠가 바로 병원에 가자고 하더라."

호기심 가득한 눈으로 언니를 쳐다봤다. 작은언니는 별일
아니라는 듯 덤덤하게 말했다.

"별 얘기 안 했어. 아빠가 병원 운영 중인 거 알지 않느냐,
그 병원이 어떻게 운영되고 있는지 보러 가야 하지 않겠느냐
고 했을 뿐이야."

작은언니의 말이 끝나자마자 엄마가 말을 이어 갔다.

"그래서 병원까지는 쉽게 왔어. 그다음에는 환자복을 갈
아입혀야 하는데 또 고집을 부리는 거야. 그래서 신임이한테

다시 전화했지. 이번에도 아빠가 가만히 듣더니 알겠다고 하더라고. 전화를 끊고는 순순히 환자복으로 갈아입었어."

이번에는 또 어떻게 한 건지 얘기해 보라는 눈짓으로 언니를 재촉했다.

"아빠, 잘 들어 봐. 거기가 아빠 병원인데, 병원 대표로서 환자들이 뭐가 불편한지, 개선할 점은 없는지 직접 체험해 봐야 하지 않겠어? 그러니 입원한 김에 환자 체험을 해 보자."

신기했다. 그런 터무니없는 말이 통한다는 것이. 아빠는 치매를 앓고 있었다. 어린 시절부터 주위에서 천재 소리를 들을 정도로 총명했고, 늘 사리에 맞고 바른 사람이었는데 어느 날부터 이상한 말들을 하기 시작했다. 한 번은 당첨된 복권을 엄마가 찢어 버렸다면서 불같이 화를 냈다. 우리는 말도 안 되는 얘기 좀 그만하라며 짜증을 냈지만, 아빠는 아무도 자신을 믿어 주지 않는다며 오히려 답답해했다.

치매가 기억을 잃는 병인 줄로만 알았는데, 전에 없던 기억들을 새로 만들고 왜곡하기도 했다. 자신에 의해 창조된 사건들을 아빠는 진실이라 굳게 믿었다. 화를 내는 일이 잦아졌고, 아빠의 치매 증상이 심해질 때면 우리는 슬쩍 자리를 피했다. 어느덧 점점 집안에 웃음이 사라지고 불안과 짜증이 그 자리를 대신했다.

생각해 보면 아빠의 치매는 외로움에서 비롯된 것 같다. 퇴직 후 집에서 보내는 시간이 늘어났지만, 아빠는 늘 혼자였다. 일터로 나갔다 돌아온 가족 중 누구 하나 먼저 다가가 말벗이 되어 주지 않았다. 혼자만의 시간이 많아진 것이 아빠에게 낯설었던 탓일까. 텅 빈 시간 속에서 멍하니 허공을 바라보거나 조용히 집 안을 서성이는 일이 어느새 아빠의 일상이 되었다. 가만히 소파에 앉아 지난 일들을 떠올리며 쓸쓸함을 달래거나 과거로의 여행에 더욱 깊숙이 빠져들었다. 치매로 엉클어진 기억의 오류는 아빠만의 독특한 세계를 만들어 갔다. 앞에 사람이 있는 것처럼 허공에 대고 속삭이거나 껄껄 웃다가도 갑자기 돌변해 역정을 냈다. 우리는 치매를 이해하지 못했고 혼란스러워하는 아빠를 버거워했다. 아빠의 얘기에 귀를 기울이지 않고 단칼에 부정하곤 했다. 믿고 의지했던 가장이 무너지는 모습을 지켜봐야만 했던 우리 가족은 서서히 신경이 날카로워지기 시작했다.

그러던 어느 날, 아빠가 분노에 찬 목소리로 복권 얘기를 꺼냈다. 우리는 또 시작이라며 아예 신경 쓰지 않으려 했는데, 작은언니가 그전까지와는 다르게 반응했다.

"아빠! 복권 당첨금 내가 은행에 안전하게 잘 보관하고 있어. 걱정 마."

"어? 그랬냐? 잘했다."

노기를 띠던 아빠가 안도하더니 고개를 끄덕였다. 옆에서 지켜보던 우리는 서로를 멀뚱멀뚱 쳐다봤다. 그 상황이 이해가 되질 않았다. 태연하게 거짓말을 하는 작은언니도, 그 말을 믿고 진지하게 반응하는 아빠의 모습도 황당할 뿐이었다. 나는 터져 나오려는 웃음을 재빨리 손으로 틀어막았다. 나뿐만 아니라 모두가 키득거리는 소리를 내지 않으려 애쓰는 것 같았다. 참 오랜만이었다. 집 안에 웃음꽃이 핀 것이.

그때부터 작은언니는 아빠의 얘기들을 진지하게 듣고 맞장구쳐 주었다. "사랑해", "우리 아빠 최고" 하며 치켜세우는 말도 자주 했다. 틈나는 대로 아빠 곁에 다가가서 한참 동안 얘기를 나눴다. 그때마다 아빠는 5분 단위로 껄껄 웃었다.

작은언니의 행동들은 놀라운 결과를 가져다줬다. 아빠가 달라진 것이다. 비록 치매가 만든 아빠만의 세상에서 살았으나, 상태가 좋아졌다. 화가 잦아들었고, 허공 속 친구와는 늘 환한 얼굴로 대화를 나눴다. 함께 식사도 하고, 자리를 봐 드리면 조용히 잠이 들었다.

 아빠의 담도암을 공부하며 나중에 안 사실인데, 치매에 걸린 환자는 심리 상태가 매우 불안정하다. 만약 주위 사람들, 특히 가족이 제재나 억압, 부정을 하면 불안한 심리는 더 커진다. 그리고 그것은 환자의 돌발 행동을 더욱 부추기고 만다. 치매 환자에게 무엇보다 절실한 것은 가족의 사랑과 인정이다. 작은언니가 아빠에게 한 행동도 바로 그것이었다. 거기에 행복까지 아낌없이 선물했으니 아빠의 변화는 어쩌면 당연한 게 아닐까. 작은언니 덕분에 병원의 대표가 된 아빠는 그날부로 병원 침대에 앉아 환자 체험을 시작했다.

。

속　고

속　이　고

　앳된 얼굴을 한 의사가 혈관을 찾기 위해 아빠의 손등 위를 더듬거린다. 살이 빠지고, 바싹 마른 피부 위로 뼈가 고스란히 드러나 있다. 앙상한 손등 위로 튀어나온 핏줄에 바늘 끝이 들어갔다. 병의 무게에 따라 바늘의 크기도 달라지는 걸까. 기겁할 만큼 기다란 바늘이 아빠의 몸속으로 거침없이 들어갔다.

　아빠는 의사에게 몸을 내맡기고는 고개를 돌렸다. 시선은 병실 천장 구석을 향해 있었지만, 통증으로 인한 미세한 떨림마저 숨길 수는 없었다. 대바늘이 깊숙이 밀고 들어가자 아빠는 눈을 질끈 감았고, 고통으로 인한 희미한 탄식이 입가에서 새어 나왔다. 지혈을 마친 의사가 다소 놀란 표정으로 아빠의 참을성을 칭찬했다. 의사가 병실을 나가자 아빠와 나 둘만 남았다. 모든 과정을 숨죽이고 지켜보던 나는 겁에 질린 얼굴로 조심스럽게 물었다.

"아빠…… 괜찮아?"

아빠는 개미 같은 목소리로 괜찮다고 했다. 걱정으로 가득한 막내딸을 안심시키기 위해 눈을 맞추며 고개를 끄덕이는 모습. 그 모습을 예전에도 본 적이 있었다.

몇 년 전, 아빠가 베란다에서 넘어졌을 때, 부서진 고관절 뼛조각을 제거하고 인공 관절을 심는 수술을 받았다. 마취에서 깨어난 아빠는 힘겹게 눈을 떴지만 이내 다시 감았다. 눈꺼풀의 무게를 감당할 힘조차 없었는지 느리게 눈을 감았다 뜨기를 반복했다. 어려운 수술이라 들었던지라 그 모습을 보니 더욱 걱정됐다.

"아빠…… 괜찮아?"

막내딸의 떨리는 눈을 바라보며 고개를 끄덕이던 아빠. 나는 차분한 그 표정에 긴장을 풀고 안도했다. 입원해 있는 동안 매일 전화로 안부를 물을 때마다 아빠는 괜찮다고 했다. 그러고는 곧바로 내가 밥을 먹었는지 물었다. 딸의 끼니까지 챙기는 여유에 나는 안심했다. 그저 순조롭게 회복되고 있는 줄로 알았다.

그런데 주말을 맞아 병실을 찾았을 때, 문 앞에서 멈칫하고 말았다.

"그만! 제발 그만!"

고통 앞에 버둥거리는 비명이 병실 밖까지 들렸다. 아빠였다. 순간 신경이 곤두서고 식은땀이 흘렀다. 급히 문을 열고 들어서자 엄마가 아빠의 다리를 조심스럽게 들어 올리고 있었다.

"조금만 더 참아 봐, 이렇게 해야 빨리 걸을 수 있다잖아."

아빠는 무척 괴로워했다. 지금까지 아빠 입에서 아프다는 소리를 들어 본 적이 없었다. 낯선 광경에 멍해진 나는 그 자리에서 꼼짝도 할 수 없었다. 겨우 정신을 차리고는 겁에 질린 표정으로 다가갔다. 떨리는 목소리로 괜찮은지 물었다. 눈을 감고 고통에 신음하던 아빠는 놀란 얼굴로 나를 봤다. 들켜서는 안 될 것을 들켜 버린 사람처럼 당황스러워하는 기색이 역력했다.

"괘…… 괜찮아."

숨 쉬기도 힘들 정도의 고통 탓에 가까스로 숨을 고르며

답하는 모습. 천천히 고개를 끄덕이며 애써 괜찮은 듯 보이려 했지만 통증으로 불편해진 표정까지 지울 수는 없었다.

걱정과 불안이 뒤섞였던 마음에 불현듯 화가 일었다. 이렇게 뻔히 보이는데 어째서 내 앞에서는 있는 그대로 보여 주지 않고 숨기려고만 드는지……. 하루에도 몇 번이나 이런 고통을 겪었을 텐데. 아프단 말 한마디 못 하는 아빠가 야속하고 원망스러웠다.

하지만 실은 나 자신에게 더 화가 났다. 고관절 수술은 회복 과정에서 통증이 상당하기로 유명하다. 그동안 아빠가 전화로 보여 준 여유에 마음 편히 지냈던 나. 아빠는 그렇게 사실을 숨기며 나를 속여 왔다. 조금만 더 관심을 가졌더라면 절대 속지 않았을 텐데.

아빠는 호흡을 가다듬은 뒤 나지막이 물었다.

"밥은 먹었냐?"

나는 아무 말도 하지 않았다. 글썽거리는 눈, 시큰거리다 못해 뜨거워진 코끝을 진정시키는 것만도 버거웠다. 울음을 참느라 입술을 씰룩거리고 있는데 아빠가 말했다.

"아빠 괜찮아. 걱정 마."

고인 눈물 속으로 아빠의 얼굴이 들어왔다. 끝까지 자신보다 딸을 챙기는 모습이. 주저앉아 울고 싶었지만 고개를 끄덕여 보였다. 슬픈 표정을 감추지는 못해도 우는 모습만큼은 보이지 않으려 했다. 그나마 내가 아빠를 위해 할 수 있는 배려였다.

몇 년이 지난 오늘, 아빠는 또다시 고통에 신음하면서도 옆에 있는 나를 생각해서 내색하지 않았다. 오히려 보는 것만으로도 무서웠을 막내를 안심시키려 괜찮다고 말하는 그 모습은 예전 그때와 같았다. 하지만 나는 그때와 다르다. 아프면서도 괜찮다는 아빠의 뻔히 보이는 거짓말에 속아 주기로 했다. 걱정과 불안이 사라졌다는 듯 편안해진 표정을 아빠에게 지어 보였다. 두 엄지손가락을 꼿꼿이 세운 채 철부지처럼 천진난만하게 말했다.

"이야, 우리 아빠 진짜 대단하다! 다른 사람은 절대 못 참았을 텐데."

아빠는 덤덤한 얼굴로 말없이 눈을 껌뻑거렸다. 나는 잠시 화장실에 다녀오겠다며 병실 밖으로 나갔다. 조금 뒤 병실로 돌아오니 그사이 아빠는 곤히 잠들어 있었다.

부모는 자식이 바보이길 바라는 때가 있다. 자신의 아픔을 자식이 보지도, 듣지도, 알지도 못하길 바란다. 당신 때문에 걱정하는 자식을 보는 것이 더 큰 괴로움이니까. 그래서 자식은 뻔히 보이는 부모의 거짓말에도 모른 척 눈감아 줘야만 한다. 가슴이 아프더라도 말이다. 오늘 아빠와 나는 서로를 속고 속였다. 하지만 속상하거나 화날 일은 없었다. 그게 사랑이니까.

2부

아빠는 늘
미안하다고만 했다

。

아 빠 와
깡 패

생각할수록 신기했다. 아무리 치매라지만 병원을 운영 중
이라는 말을 아빠가 너무 쉽게 믿은 것 아닌가? 내 반응에
작은언니가 자신감 넘치게 말했다.

"당연하지! 내가 그동안 계속 말해 왔으니까. 아빠가 세계
최고의 부자라고."

"계속 말하니까 그렇게 믿었다고?"

"아빠가 믿을 수 있게 돈이 든 공공칠가방도 갖다 줬지."

작은언니는 아빠에게 세상에서 가장 특별한 선물을 주고
싶었다고 했다. 누구나 쉽게 경험할 수 없는, 그래서 아빠가
평생 잊지 못할 선물.

언니는 궁리 끝에 아빠에게 돈 가방을 전달하기로 했다. 일단 가방부터 주문했다. 일명 '공공칠가방'. 막상 가방을 받으니 그 속에 얼마를 채워 넣을지가 고민이었다. 현금으로만 꽉 채워야 폼이 날 것 같았다나. 하지만 만 원짜리를 넣자니 금액이 부담이었다. 그렇다고 가짜 돈을 넣기는 싫었다. 진짜 돈을 만지게 해 드려야 아빠가 믿을 것 같았다.

고민 끝에 만 원짜리 대신 천 원짜리를 가방에 넣기로 했다. 가방 크기를 어림잡아 재 보니 천 원짜리 720장 정도가 들어갈 수 있었다. 720만 원이 필요했다. 현금은 마이너스 통장 대출을 받았다. 아빠를 행복하게 해 드리는 게 목적이니 대출 이자쯤이야 문제가 아니었다.

언니는 은행 창구에 공공칠가방을 철퍼덕 내려놓은 뒤 가방을 열어젖히며 말했다.

"여기에 천 원짜리로만 가득 채워서 넣어 주세요."

은행 직원은 가방과 언니를 번갈아 보며 황당하다는 듯 재차 물었다.

"전부 다 천 원으로요?"

"네. 그리고 다발로 묶어서 주세요. 왜 영화에서 보면 만 원짜리 묶어서 가방에 넣잖아요. 그것처럼 해 주세요."

"고객님, 돈을 넣는 건 고객님께서 직접 하셔야 합니다."

그 순간 언니는 주위 사람들의 힐끗거리는 시선을 느꼈다. "저 아가씨 뭐야" 하고 웅성거리는 소리도 들렸다. 이목을 끄는 것이 부담스러웠지만 그런 걸 신경 쓸 상황이 아니었다. 태연한 척하며 천 원짜리 묶음을 재빠르게 가방에 챙겨 넣었다. 돈으로 채워진 가방을 들자 이번에는 '이 무거운 걸 집까지 어떻게 들고 가지?' 하는 생각에 막막해졌다. 가방의 무게 때문에 지하철을 타는 것은 무리였다. 하는 수 없이 택시를 타려고 차도 앞에 섰다. 순간 오토바이 한 대가 요란한 소리를 내며 언니 앞을 지나갔다. 언니는 덜컥 겁이 났다. 사람들이 온통 가방만 쳐다보는 것 같았다. 낑낑대며 10여 분을 걸어 다닌 끝에 겨우 택시를 잡아 탔다. 택시 기사가 룸미러로 뒷좌석에 앉은 언니를 힐끔거리며 물었다.

"아가씨, 그 가방은 뭐예요?"

언니는 움찔했다. 느닷없는 질문에 당황했지만 애써 침착하게 대답했다.

"아…… 이거요? 돌멩이에요. 아빠가 돌멩이를 수집하시는데, 마땅히 들고 갈 곳이 없어서 좀 폼 나게 들고 가려고 공공칠가방에 넣은 거예요."

"남들이 보면 돈으로 알겠네요. 하하하."

집으로 가는 내내 언니는 택시 기사가 다른 데로 가는 건 아닌가 하는 불안에 휩싸였다. 요동치는 심장 박동 소리가 들리면 어쩌나 싶었다. 아빠에게 한시라도 빨리 기고 싶을 뿐이었다.

드디어 무사히 집에 도착한 언니는 아빠에게 가방을 척 내밀었다.

"이게 뭐냐? 뭔데 이리 무겁냐?"

"응, 이거 아빠 거야. 비밀번호는 아빠 생일이야."

몇 번의 실패 끝에 마지막 숫자의 다이얼을 돌렸을 때, 마침내 가방에서 '띡' 소리가 났다. 양쪽에 있던 버튼을 세게 누르자 가방 뚜껑이 살짝 들렸다.

"지금 열면 돼. 어서 열어 봐. 아빠."

천천히 뚜껑을 올리니 가지런하게 놓여 있는 돈뭉치가 아빠 눈에 들어왔다.

"이게…… 이게 다 뭐냐? 신임아, 이거 뭐야? 웬 돈이 이렇게 많아?"

"아빠가 재벌이잖아. 계좌에 있는 돈 쪼끔 빼 온 거야. 은행에서 아빠 돈이 너무 많아서 이자로 나갈 돈이 점점 늘어난다고, 제발 이자 중 일부라도 현금으로 찾아가라고 해서."

"이자? 내 돈이 은행에 그렇게 많아? 허허허."

아빠는 돈의 출처를 거듭 물었고, 언니는 그때마다 친절하게 같은 설명을 되풀이했다. 딸의 얘기를 들으며 아빠는 눈을 마구 비볐다. 그 손등에 물기가 촉촉하게 묻어났다. 눈물을 흘리는 아빠를 보며 작은언니 역시 눈물이 핑 돌았지만 겨우 참아 냈다.

아빠는 신기한 눈으로 가방 뚜껑을 올렸다 내렸다 반복하더니 돈뭉치를 천천히 쓸었다. 그러고는 현금 한 다발을 꺼내 들며 물었다.

"이거 다 천 원짜리냐?"

"응. 만 원짜리 가져오려다가 엄마 아빠 쓰기 편하라고 일부러 천 원짜리로 바꿔 왔어. 만 원짜리는 잔돈 거슬러 받기 귀찮잖아."

"하하하, 잘했다. 우리 깡패."

아빠는 작은언니를 '깡패'라고 불렀다. 반 친구들을 괴롭히는 남학생을 꼼짝 못하게 제압할 정도로 주먹이 센 딸, 큐브 맞추기를 해내려고 이 악물고 밤을 지새우는 악착같은 딸, 엄마가 혼내도 단 한 번도 기죽지 않는 딸. 깡으로 똘똘 뭉친 둘째 딸이 마냥 사랑스러워 지어 준 별명이었다.

"나, 잘했죠? 그럼 신임이 용돈 좀 주세요."

아빠는 웃으며 작은언니가 모아 내민 두 손 위에 돈다발 하나를 턱 올렸다.

"우아, 재벌 아빠가 용돈 주셨다!"

아이처럼 기뻐하는 딸의 모습에 아빠는 더욱 껄껄 웃었다.

작은언니는 그동안 아빠를 위해 기발한 이야기들을 지어 내고 영화에서나 나올 법한 일들을 실제로 해 왔다. 아빠를 위해 그런 일들을 하리라 마음먹게 된 계기가 있느냐고 묻자 언니가 말했다.

"그때부터였어. 아빠가 급성 폐렴으로 중환자실에 입원했을 때, 난 매일 울며 기도했지. 제발 아빠를 살려 달라고. 그리고 기적적으로 아빠가 다시 돌아왔을 때 결심했어. 언제 또 찾아올지 모를 이별 앞에 절대로 후회할 일을 만들지 않겠다고."

그 후로 작은언니는 '함께할 수 있는 시간이 오늘이 마지막이야'라는 생각으로 아빠를 대했다고 했다. 그리고 결심했다. 아빠를 세상에서 가장 행복한 아빠로 만들어 드리기로.

또 한 번은 이런 일도 있었다. 치매 이후 아빠는 분노에 찬 눈빛으로 엄마에게 종종 화를 내곤 했다.

"당신이 내 기계 싹 다 버렸죠?"

한때는 다섯 식구를 먹여 살린 일등 공신이었지만, 언제부턴가 창고에서 먼지를 뒤집어쓴 채 자리만 차지하고 있는 기계다. 아빠는 기계를 어디에 두었느냐며 화를 내다가 감정이 격해졌는지 울먹이기까지 했다. 우리는 그때마다 창고 깊은 곳에 있다고 둘러댔지만 아무 소용이 없었다. 아빠는 깊은 우울과 스트레스에 빠진 나날을 보냈고, 그 모습을 지켜본 작은언니도 무척 괴로워했다. 그리고 며칠을 고민한 끝에 좋은 방법을 떠올렸다.

"아빠, 엄마가 기계 버린 게 그렇게 서운해?"

"그럼. 엄마가 아빠 일 못 하게 다 버린 거야! 그래서 이렇게 오랫동안 집에서 노는 거잖아."

"이제는 쉴 나이가 됐으니까 당연히 쉬어야지."

"아니야. 아빠는 일 계속해야 해. 그래야 먹고살지. 신임이 너 시집도 보내야 하고."

작은언니는 주위를 둘러보는 시늉을 하더니 조용히 아빠에게 속삭였다.

"이건 비밀인데…… 그 기계 신임이 사무실에 보관하고

있어. 우리 둘만 알고 있자. 쉿!"

"진짜냐? 네 사무실에 있다고? 거기 어디에?"

"사무실 비밀 창고 깊은 곳에. 아빠, 이거 잘 갖고 있어야 해."

작은언니는 아빠의 손에 무언가를 꼭 쥐어 주었다.

"이게 뭔데?"

"그 기계가 있는 곳의 열쇠야. 아주 안전하고 특별한 곳이라서 열쇠도 황금색이야."

아빠는 황금빛으로 반짝이는 열쇠를 이리저리 살폈다. 마치 신기한 보물을 보는 듯. 사실 그 열쇠는 언니가 며칠 전 미리 사 둔 것이었다. 아빠의 보물 열쇠로 쓸 거라며 가게에서 심사숙고해 골랐다. 세상에 단 하나뿐인 아주 특별한 열쇠였다.

"잘했다! 엄마는 모르게 해라. 기계를 보면 또 버릴라."

"응, 비밀로 하자."

황금 열쇠를 손에 쥔 것만으로도 아빠는 무척 행복해했다. 언니의 생각이 맞았다. 아빠가 원한 건 낡고 녹슬어 버린 기계를 다시 보는 것이 아니었다. 가장으로서 누구보다 뜨겁게 보냈던 시절의 상징이 사라져서 괴로웠던 것이다. 아빠는 조

그마한 열쇠를 바라보며 추억 속 기계의 모습을 그려 보고, 누구보다 열정적으로 보냈던 나날을 떠올렸다. 그 시절을 그릴 수 있는 새로운 상징이 생긴 셈이었다.

언니는 아빠와 대화를 할 때면 모든 감각의 촉을 세웠다. 티끌만 한 단서 하나라도 놓치지 않고 아빠의 생각과 기분을 알아차렸다. 그러고는 아빠를 행복하게 만들 방법을 생각해 냈다. 이것이 가능한 이유는 오직 하나였다. 아빠를 향한 끝없는 사랑.

언니는 놀라운 순발력을 발휘해 곧바로 다음 작전에 돌입했다.

"안 그래도 기계에 대해 아빠와 상의하려 했는데, 아빠 사업 다시 할 거지?"

"그럼! 꼭 할 거야. 이렇게 계속 쉴 수는 없어."

"그 사업에 나도 껴 주라, 응? 같이 하고 싶어, 응응?"

"허허허. 그러면 나야 좋지. 네가 경리 봐라."

"오케이. 경리든, 창고 담당이든, 영업이든 내가 다 할게. 아빠는 분부만 내리십시오."

"오냐, 우리 깡패."

"그런데 결정할 것이 있어. 아빠의 소중한 기계를 관리하는 일이야."

기계 얘기가 나오자 아빠의 표정이 진지해졌다. 마치 사업의 운명을 가를 중요한 결정을 앞둔 근엄한 사장 같았다.

'됐다!'

작은언니는 속으로 외쳤다. 일단 분위기가 만들어졌으니 가슴 뛰는 이야기들을 풀어 가며 아빠의 마음 깊이 꾹꾹 눌러 담기만 하면 된다.

"지금 기계가 너무 낡았잖아. 그럼 어떻게 관리할 것인가? 두 가지 방법이 있어. 첫째, 기존에 있던 기계를 수리한다. 비용이 500만 원이래. 둘째, 새 기계를 산다. 비용이 700만 원이 들어. 수리하거나 새로 사기, 둘 중에 뭐가 좋을까?"

"아…… 그러냐? 그냥 새로 사는 게 좋겠다."

"그럼 기계는 백화점에서 사면 될까?"

"아마 백화점에는 없을 거야."

백화점이라니, 작은언니는 기꺼이 바보가 됐다. 이토록 부족한 딸을 위해 아빠의 치매 속도가 더뎌지고, 언젠가는 멈추기를 바라는 마음에서.

"그럼 어디서 팔아?"

"……"

아빠는 눈동자를 이리저리 굴리며 기억해 내려고 애썼다. 작은언니는 아빠의 손을 꼭 잡으며 말했다.

"당장 급한 건 아니니까, 어디서 파는지 생각나면 알려 줄래?"

"그러마. 옛날에 어디서 샀는지 기억이 가물가물하다."

"응, 우리 최고로 좋은 걸 사서 사업을 다시 일으키자!"

"오냐, 깡패야."

하지만 그날의 기쁨은 아빠의 머릿속에서 금세 지워졌다. 다음 날, 아빠는 또다시 기계 얘기를 꺼내며 울먹였고, 작은언니는 마치 황금 열쇠 얘기를 처음 하는 것처럼 명연기를 펼쳤다. 그 전보다 살까지 더 붙여 가며.

"기계는 일본 걸로 살까? 독일 걸로 살까? 아니면 이태리?"

"음……. 독일 게 좋을 거 같다. 그게 튼튼해."

"아빠, 그거 설명서는 다 있겠지? 나 독일어 잘 모르는데."

"설명서 없어도 아빠가 다 알아. 기계는 다뤄 보면 곧 익숙해지고, 내 것이 되는 거니."

그 후로도 작은언니는 같은 얘기를 하고 또 했다. 막 잠에서 깨서 눈을 비비면서도 술술 풀 정도로. 덕분에 집안 분위기가 차츰 따뜻해졌다. 아빠는 조금씩 안정을 되찾았고 더이상 엄마를 원망하지도 않았다. 더 놀라운 점은 아빠가 허공에 대고 혼잣말을 할 때 웃기 시작했다는 것. 그렇게 화내는 치매가 웃는 치매로 바뀌기 시작했다.

o

비 밀   경 호 원

아빠의 입원 이후, 작은언니와 함께하는 시간이 부쩍 늘었
다. 언니는 지난 몇 년간 아빠의 행복을 위해 자신이 벌인 기
상천외한 일들을 들려줬다. 그중에서도 내가 가장 좋아하는
에피소드가 하나 있다.

치매 이후 아빠는 누군가 자신을 잡으러 와서 해를 입힐
거라며 불안해했다. 하루에도 몇 번씩 현관문을 열어 주위를
살피고, 문을 잠그고 나서도 두려움에 떨었다.
"신임아, ○○병원에서 곧 나를 잡으러 올 거야. 아빠 집에
없다고 해 줄 거지?"

"괜찮아, 아빠. 그런 일 절대 없을 거야."

작은언니는 그때마다 아빠 손을 꼭 잡고 안심시키려 했지만 소용없었다. 치매 때문에 온 가족이 힘들던 시절, 아빠를 치매 전문 요양병원에 모신 적이 있었다. 그곳에서 정확히 어떤 일이 있었는지 알 수 없지만, 아마 그때의 기억이 아빠에게 트라우마로 남아 있는 듯했다. 우리 중에서도 유독 효녀였던 작은언니는 아빠가 힘들어하는 모습을 보며 자기 일처럼 괴로워했다. 며칠간 고민 끝에 언니에게 한 가지 좋은 방법이 떠올랐다.

아빠는 또다시 현관문을 열고 얼굴만 빠끔히 내민 채 주위를 살폈다. 작은언니가 다가가 "누구 있어?" 하고 묻자 아빠는 고개를 절레절레하며 문을 닫았다.

언니는 아빠를 식탁 의자에 데려가 앉힌 뒤 조심스럽게 입을 열었다.

"아빠, 지금부터 중요한 얘기를 해 줄게. 어떤 누구도 아빠를 잡아갈 수 없어. 우리 아파트 1층 주변에는 경호원들이 있거든. 아빠가 세계적으로 위대한 사람이라서 미국의 FBI랑 세계 특수 요원들, 한국에서도 용맹하기로 손꼽히는 특전사들이 일반 사람으로 위장해서 아빠를 경호하는 중이야. 그들은 수시로 나에게 연락해서 아빠의 안부를 묻고 있어."

때마침 전화벨이 울렸고 작은언니는 휴대폰을 들고 건넌 방으로 갔다. 업무에 관한 전화였는데, 한참 동안 통화한 탓에 머리가 지끈거렸다. 하지만 언니는 환하게 웃으며 거실로 나와 아빠에게 말했다.

"아빠가 편안히 계시는지 묻네. 오늘 뭐 드셨는지도 묻고. 질문이 너무 많아. 모두 아빠를 지키기 위한 거래."

아빠는 진지한 얼굴로 귀를 기울였다. 그 모습에 작은언니는 한술 더 떴다.

"아빠뿐 아니라 우리 가족도 24시간 보호 대상이래. 아빠가 워낙 훌륭한 사람이라 가족도 철통 경호가 원칙이라네. 아빠는 온 인류에 없어서는 안 될 사람이라 전 세계가 촉각을 세우고 철저히 지키기로 했대."

딸의 말이 다 끝나기도 전에 아빠는 베란다로 걸어가서는 창밖을 슬쩍 봤다.

"신임아, 저기 잠바 입은 사람도 요원이야?"

놀랍게도 아빠는 너무나 쉽게 믿었다. 언니는 그 모습이 사랑스러우면서도 한편으론 애처로웠다.

"맞아. 저 사람은 일부러 할아버지처럼 변장한 거야. 흰머리도 가발이야. 진짜 같지? 실제 나이는 서른인데, 오늘따라 변장도 완벽하다. 무술 유단자라 싸움을 정말 잘한대. 그렇게 엄청난 요원이 아빠를 지킨다고 잠복 중인 거야."

"허허, 내가 뭐라고 저렇게 훌륭한 사람이 나를 지키려고 고생하니."

"저 특수 요원들은 아빠를 지키는 일이 목숨을 지키는 일과 같다고 했어. 내가 똑똑히 들었어. 아빠를 지키는 일이 본인 삶에서 최고로 명예로운 일이래."

"그래? 고맙구나, 다들⋯⋯."

이전까지만 해도 깊은 공포에 사로잡혀 있던 아빠는 언니의 말을 듣고 무척 감격스러워했다. 물론 이 역시 아빠는 다음 날이 되면 곧바로 잊어버렸다. 하루에도 몇 번씩 불안해하는 아빠를 위해 작은언니는 차분히 같은 얘기를 반복했다. 그러던 어느 날 밤, 아빠가 작은언니를 부르더니 은근히 기대하는 목소리로 물었다.

"신임아, 지금도 밖에 경호원이 있냐?"

"지금은 우리나라 요원들만 있고, 외국에서 온 요원들은 식사하러 간 것 같아."

"그래? 네가 나가서 뭐라도 좀 사 드려라. 우리를 지키느라 애쓰는데……."

작은언니는 씨익 웃고는 어디론가 전화를 걸었다.

"혹시 지금 출출하시면 뭐 좀 사다 드릴까요? 아…… 네, 알겠습니다. 그럼 수고하세요."

전화를 끊은 언니가 말했다.

"괜찮다네. 아빠를 지키는 일에만 집중할 거래. 아빠 생각하면 배가 하나도 안 고프대."

"그래도 좀 드셔야지. 우리 때문에 이렇게 고생하시는데……."

사실 작은언니는 아무도 없는 자신의 사무실에 전화했던 것이다. 감쪽같이 속은 아빠는 미안해하면서도 행복한 표정을 숨기지 못했다.

작은언니는 아빠에게 경호원 얘기를 시작한 이후 며칠간 사무실에 나가지 않았다. 아빠의 불안을 없애는 데만 집중하기 위해서였다. 아빠가 점차 안정을 찾아가자 그제야 언니는 출근을 했다. 중요한 계약서에 도장을 찍으려던 찰나 아빠에게서 전화가 왔다. 고객에게 양해를 구하고 곧바로 전화를 받았다.

"신임아, 집에 언제 오냐? 엄마도 도망가 버리고, 누가 자꾸 문을 두드린다."

"응, 내가 해결할게. 잠시만 있어. 엄마는 근처에서 운동 중이야. 그러니까 걱정 마. 알았지?"

전화를 끊자 고객이 흐뭇한 표정으로 물었다.

"아들인가 봐요. 엄마를 많이 찾나 보네요."

"아들이 아니고 아빠예요. 집에 혼자 계신데 누가 왔다고 해서요. 죄송하지만 잠시만 더 실례할게요."

언니는 급히 복도로 나가 아빠에게 다시 전화를 걸었다. 이번에는 손가락으로 한쪽 콧구멍을 누르고 입에서 수화기를 조금 멀리 띄웠다.

"안녕하십니까? 노영현 님이시죠?"

"네……. 근데 누구쇼?"

아빠는 잔뜩 긴장하며 낯선 이의 목소리를 경계했다.

"저는 특전사 출신 여성 장교 김장미입니다. 지금 노영현 님을 철통같이 경호 중입니다. 방금 따님을 통해 아버님께서 많이 걱정하신다고 들었습니다. 걱정 마십시오. 그저 집에서 편안히 지내시면 됩니다. 제 목숨을 걸고 노영현 님을 끝까지 지킬 겁니다. 충성!"

"아, 고마워요. 근데 지금 어디요?"

"집 바로 앞입니다. 노영현 님이 보실 수 없는 곳에서 잠복 중입니다. 다른 팀들은 2인 1조로 집 근처를 순찰하고 있습니다. 100명의 특수 요원이 철두철미하게 경호 중입니다."

작은언니는 아빠가 목소리를 알아차리지 못하도록 또박또박 끊어 가며 절도 있게 말했다.

"그렇군요. 수고가 많습니다. 좀 들어와서 커피라도 한잔하고 가세요."

"그건 안 됩니다. 저는 노영현 님을 지키는 것 외에는 다른 걸 할 수 없습니다. 지금은 순찰 중이오니 이만 끊겠습니다. 다시 한 번, 충성!"

서둘러 끊으려는데 아빠가 갑자기 물었다.

"어? 너 신임이냐?"

언니는 당황해서 아무 말도 못 했다.

"너 신임이 맞지?"

작은언니는 허벅지를 꼬집어 가며 겨우 웃음을 참았다.

"신임아, 너 집에 언제 오냐? 아빠 혼자 있어서 무섭다. 빨리 와."

"에헴. 따님과 제 목소리가 비슷한가 보네요. 저는 김장미 장교입니다. 명을 받고 출동하였고, 지금은 노영현 님 경호에 집중해야 해서 이만 끊겠습니다. 충성!"

도망치듯 사무실로 돌아오자 고객이 흥미롭다는 듯 웃으며 물었다.

"다 들었습니다. 아버지한테 왜 그런 연기를 하시는지 물어도 될까요?"

굳이 숨길 일이 아니기에 자초지종을 설명했다. 그런데 그때 아빠에게 또다시 전화가 왔다.

"여보세요. 응, 아빠. 지금도 무서워? 조금만 기다려 줘. 내가 곧 다시 연락할게."

전화를 끊고 의자에서 일어서려는데 고객이 말했다.

"저어, 실례가 안 된다면 제가 도와 드릴까요?"

언니는 염치 불고하고 고객에게 아빠와의 통화를 정중히 부탁했다. 집에 혼자 남겨져 불안해하는 아빠가 걱정이 되지만, 지금은 일을 하는 중이니 갈 수가 없어 마음이 아프다는 말과 함께. 고객은 흔쾌히 하겠다고 답했다.

"노영현 님, 저는 ○○대학 교수입니다. 지금 노영현 님은 절대적으로 안전합니다. 제가 장담합니다. 그러니 걱정하지 않으셔도 됩니다. 진심으로 부럽습니다, 어르신."

"예, 고맙습니다. 교수님, 근데 우리 신임이는 어디 있죠?"

"아, 그게……."

언니는 재빨리 종이에 'CCTV'라고 써서 보여 줬다.

"아, 그러니까 노영현 님 집 앞 CCTV 영상을 보러 갔습니다. 경호원들 외에는 아무도 없다네요. 걱정 안 하셔도 됩니다."

"네, 교수님. 고맙습니다."

그 이후 작은언니의 사무실을 방문한 많은 사람이 아빠와 통화했다. 고객은 물론 우체국 기사, 퀵 서비스 기사, 심지어 전단지를 돌리러 온 사람도 아빠를 안심시키기 위해 주옥같은 연기를 펼치며 흔쾌히 도와줬다.

경호원 이야기는 내가 지금껏 봐 왔던 어떤 영화나 책보다 재미있고 감동적이다. 아빠를 위해 선뜻 통화를 해 준 사람들이야말로 진짜 경호원이었다. 아빠를 깊은 불안에서 구해 준, 세상에서 가장 따뜻한 경호원들. 그들의 마음속 온기는 꽁꽁 언 손을 녹여 주는 입김과도 같았다.

나는 분명히 말할 수 있다. 우리 아빠가 진정으로 복 있는 사람이라고. 아빠는 많은 천사와 통화한 것이다. 날개 없는 천사 말이다.

세 계   최 고 의
부 자

"우리 아빠가 얼마나 귀여운지 한번 볼래?"

작은언니가 병실 침대에 앉아 있는 아빠를 뒤에서 껴안으며 말했다. 나는 아빠의 손을 잡는 것도 어색한데 언니는 전혀 스스럼이 없었다. 아빠의 어깨에 턱을 올리는 딸과 그런 딸을 다정하게 바라보는 아빠. 둘 사이에는 어떠한 장벽도 없어 보였다. 그 모습이 왠지 부러웠다.

작은언니는 애교를 부리듯이 아빠에게 물었다.

"세계 최고의 부자인 우리 아빠. 오늘 얼굴색이 아주 좋으십니다. 존경하는 회장님, 우리가 해 오던 호텔 사업을 예정대로 진행할게요. 근데 호텔 이름을 뭘로 할까요?"

이번에는 호텔이라……. 마르지 않는 언니의 아이디어 샘이 감탄스럽기만 했다. 아빠의 대답이 무척 궁금했다. 왠지 호텔 이름도 기상천외할 것만 같았다.

"세 자매 호텔로 해라."

작은언니가 이어서 물었다.

"나중에 아빠 재산은 모두 나한테 물려줄 거지?"

"셋이 똑같이."

언니가 장난스럽게 응석을 부려도 아빠는 단호했다.

"욕심부리지 마라. 셋이 똑같이 나눠야지!"

작은언니가 내 쪽을 보더니 콧잔등을 찡그리며 윙크를 했다. 두 사람의 대화를 듣자 내 마음 한구석에서 뭉클한 것이 올라왔다. 치매 속에서도 아빠에게는 여전히 자식이 첫 번째구나.

치매 때문에 아빠가 자기만의 세상에 빠져서 자식을 사랑했던 기억조차 잊은 줄 알았다. 하지만 치매 속에서도 선명한 것, 그것은 가족을 향한 흔들림 없는 사랑이었다. 그 사랑만큼은 가을 하늘처럼 또렷했다.

병원 침대에 앉아 있는 아빠를 가만히 바라봤다. 허공 속 친구와 껄껄 웃으며 대화 중이었다. 무슨 얘기가 그리도 재미있을까. 그러고 보니 저렇게 웃는 모습을 예전에도 본 적이 있었다.

"너희 둘이 어렸을 때, 냄비에 든 자장면을 같이 먹었어. 신화가 젓가락질이 서툴러서 자장면이 잘 안 잡히니까 답답했는지 손으로 한 움큼 집어서 입에 냉큼 넣었지. 그랬더니 신임이가 신화 이마를 탁 친 거야. 신화가 '으앙' 하고 우는 통에 입 밖으로 자장면이 튀어나왔지. 신임이가 그걸 덥석 집어먹더라고. 허허허."

"언젠가 신희가 동네 오빠한테 한 대 얻어맞고 울면서 집으로 왔었어. 그때 아직 말도 제대로 못 하는 신임이가 신희 손을 잡고는 씩씩거리면서 아장아장 걸어가더라고. 멀리서 그 남자애가 보이니까 작은 나뭇가지를 하나 집어 들더니 '떼이' 하면서 툭 던졌지. 그러고는 둘이 부리나케 집으로 막 달려오더라. 하여간 깡패 너는…… 허허허허."

세 자매의 어린 시절 얘기를 할 때마다 아빠의 얼굴에는 웃음이 넘쳤다. 이야기는 늘 "너희가 그때 그랬었는데……"로 시작해 "허허허" 웃는 것으로 마무리됐다.

추억에 젖어 숨이 넘어갈 정도로 웃는 아빠를 보고 있자니 내 마음이 무거워졌다. 3주 전, 온 가족이 아빠의 생일을 축하하기 위해 모였을 때가 떠올랐다.

생일 케이크의 촛불을 끄기 전 딸들은 소원을 빌어야 한다며 호들갑을 떨었다. 아빠는 웃음을 머금고 촛불을 지그시 바라봤다. 벌써 예순여덟…… 초가 참 많이도 꽂혀 있었다. 한들거리는 촛불을 쳐다보던 아빠가 '후우' 하고 힘없이 불었다. 여린 촛불을 끄는 것조차 버거울 만큼 아빠의 호흡은 가늘어져 있었다. 여러 번에 걸쳐서야 겨우 모든 초의 심지에서 희미한 연기가 피어올랐다. 언니들과 나는 떠들썩하게 박수를 치고 무슨 소원을 빌었는지 물었다. 아빠는 대답 대신 식구들을 향해 웃기만 했다. 딸들의 재촉에 못 이겨 마침내 수줍게 답했다.

"우리 가족 모두 건강하라고. 늘 행복하게 지내라고."

아빠의 생일 소원은 매년 같았지만 나는 거기에 큰 의미를 두지 않았다. 그냥 갑자기 물어보니 가장 먼저 떠오른 말이었을 뿐이라 생각했다. 하지만 오랜 시간 생각할 기회가 있었어도 아빠의 소원은 같았을 것이다. 그 정도로 소중한 바람이었을 테니까.

아빠는 그렇게 해마다 자식들의 건강을 기원했지만 정작 당신의 건강은 챙기지 못했다. 몸속에서 암 덩어리가 자라고 있던 그날도 여전히 자식들을 위한 소원을 빌며 촛불을 껐다. 만약 아빠의 생일을 축하하는 순간이 다시 온다면, 촛불을 끄기 전에 꼭 말해 주고 싶다. 이제는 우리 말고 아빠의 건강을 기원하는 소원을 꼭 빌어 달라고.

생일상을 물린 뒤에도 우리는 거실에 모여 웃음꽃을 피웠다. 하지만 정작 주인공인 아빠는 멀찌감치 떨어져 혼자 집안 곳곳을 걸어 다녔다. 치매라는 커튼이 아빠 주위를 두르면, 아빠의 눈에는 더 이상 우리가 보이지 않았다. 오직 커튼 안의 세계에서 허공 속 친구와 대화를 나눌 뿐이었다. 그 상황이 익숙했기에 우리는 아빠만의 시간을 방해하지 않았다. 그런데 가끔 아빠는 스스로 커튼을 걷어 내 우리를 발견할 때가 있었다. 그날도 그랬다. 평소처럼 우리끼리 이야기를 나누고 있는데, 아빠가 쩌렁쩌렁한 목소리로 반갑게 외쳤다.

"이야, 나 때문에 이렇게 다 모였구나!"

모두 깜짝 놀라 아빠를 쳐다보고 있는데 엄마가 말했다.

"너희 아빠가 기분이 좋은가 보다."

우리는 "그러게" 하고 맞장구치며 즐거워했다. 그때는 미처 몰랐다. 가벼운 웃음으로 넘겼던 그 순간이 얼마나 아름답고 소중했는지를. 아무 걱정 없이 가족의 행복이 충만했던 그때로 다시 돌아갈 수 있다면 얼마나 좋을까.

밤이 깊어지자 아빠가 안방 장롱에서 이불 더미를 들고 끙끙거리며 거실로 나왔다. 딸과 사위 들 그리고 손자를 위한 것이었다. 겹겹이 쌓인 이불 아래로 학처럼 가는 두 다리가, 이불 위로는 넓은 이마가 겨우 보였다. 아빠는 이불을 바닥에 던지듯이 내려놓았다. 그러고는 "자야지" 하고 다시 집 안을 걸어 다녔다. 분명 아빠가 들고 오기에는 버거운 양이었다. 마른 몸인 데다가 인공 고관절 수술 이후 한쪽 다리까지 절뚝거리면서 대체 어디서 그런 힘이 나왔는지.

아빠는 당신만의 방법으로 가족을 사랑해 왔다. 어쩌면 치매는 아빠가 아니라 나에게 있었던 게 아닐까? 이 귀한 사랑을 너무 오래 잊고 살아왔으니 말이다.

o

아 빠 를   닮 은

딸

병원 침대에 앉은 채 오늘도 허공 속 친구와 쉴 새 없이 대화 중인 아빠. 농담을 주고받는지, 즐거운 추억을 얘기하는지, 아빠의 입가에서 웃음이 떠나질 않았다. 그래도 웃는 치매라서 정말 다행이었다. 암을 극복하기 위해 무엇보다 중요한 것은 긍정적인 마음이니까.

웃고 있는 아빠를 보다가 문득 이 순간을 사진으로 남겨야겠다는 생각이 들었다. 함께하는 모든 시간을 담아 두고 싶었다. 그게 무엇이든 간에.

"아빠, 이것 좀 봐. 카메라야. 요즘은 휴대폰으로 사진도 찍을 수 있어. 세상이 정말 좋아졌지?"

"그래?"

스마트폰을 처음 본 아빠는 호기심 가득한 눈으로 이리저리 살폈다. 내 손톱만 한 유리가 카메라 렌즈라고 알려 주니 아이처럼 신기해했다.

"자, 이제 사진을 찍을 테니 렌즈를 봐 봐."

입꼬리를 살짝 올리고 여유로운 미소로 내 쪽을 보는 모습이 꼭 수줍은 청년 같았다.

처음이었다. 내 휴대폰에 아빠의 사진을 담은 것이. 풍경, 음식, 친구, 심지어 새로 산 꽃무늬 양말 사진도 들어 있는데 말이다. 소중한 아빠의 사진을 이제야 찍고 그마저도 환자복 차림이라니. 말기 암이 발견된 이후 숱한 후회들이 나를 괴롭혔다. 그때마다 나를 잡아 주는 사람은 아빠였다. 나를 향해 힘내서 웃어 주는 그 모습을 대할 때마다 '더 이상 후회할 일은 하지 말자'라는 다짐을 하게 되었다.

병실은 순식간에 사진관으로 변했다. 아빠는 사진사의 주문에 척척 응했다. '김치'를 외치면서 웃고, 손가락으로 브이 모양을 만들어서 한쪽 뺨에 대 보이기까지 했다.

"이야, 우리 아빠 너무 잘하는데!"

사진을 찍는 내내 칭찬하며 부추기는 딸에게 아빠는 더욱 환한 미소로 답했다.

　우리는 나란히 앉아서 사진들을 하나씩 넘겨 보았다. 사진 속에 말기 암 선고를 받은 환자는 없었다. 멋진 노년의 신사만이 있을 뿐. 눈가의 주름마다 한낮의 봄 햇살 같은 따스한 빛이 반짝거렸다. 지금껏 아빠의 얼굴을 이렇게 자세히 본 적이 없었는데, 사진으로 보니 미소가 백만 불짜리다.

　내가 초등학생이었을 때, 낡은 서랍 속에서 우연히 흑백 증명사진 하나를 발견한 적이 있다. 나는 사진 속 젊은 남자를 한참이나 봤다. 양복에 넥타이를 단정하게 매고 있는 청년의 얼굴은 잡티 하나 없이 깨끗했다. 넓은 이마, 두꺼운 눈썹, 오똑한 코, 야무진 입. 이목구비 어디 하나 부족한 구석이 없는 준수한 외모였다. 가지런한 앞니를 드러내며 활짝 웃고 있는 모습에 보는 나까지 절로 기분이 좋아졌다.

　"그거 네 아빠 젊었을 때 사진이네."

　"뭐? 이게 정말 아빠야?"

　곧바로 아빠에게 달려가서 물었다. 아빠는 한참 동안 사진을 뚫어져라 바라보고는 의미심장한 미소를 지으며 고개를 끄덕였다.

아빠의 삶은 흑백 증명사진을 찍었던 그때와는 다르게 펼쳐졌다. 어렵던 그 시절, 치열한 삶을 사는 대부분의 가장들이 그랬듯 아빠에게도 숱한 시련과 어려움이 자주 찾아왔다. 해가 뜬 날보다 비가 내려 추운 날이 훨씬 더 많았다. 하지만 힘든 나날 속에서 웃는 것을 어색해했던 다른 가장들과 달리 아빠는 잘 웃었다. 주위 사람들이 어쩜 그리 잘 웃느냐고 물을 정도였다. 나이가 들면 살아온 세월이 얼굴에 오롯하게 담긴다고 한다. 아빠는 사는 동안 웃음을 꿋꿋이 지켜 냈다. 그것이 노년의 얼굴에 멋스럽게 빛나고 있었다.

"그동안 내가 우리 집에서 아무도 안 닮았다고 생각했는데, 지금 보니까 알겠네. 웃는 모습이 딱 아빠네, 아빠."

기분 좋게 웃는 막내딸을 보며 행복한 미소를 짓는 아빠. 자신을 닮은 것을 이처럼 좋아하는 자식이 어찌 사랑스럽지 않으랴. 빈말을 한 것이 아니었다. 사람들이 말하는 나는 '잘 웃는 사람', '웃는 모습이 예쁜 사람'이다. 잘 웃는다는 것은 내가 가진 큰 자산이다. 어렸을 때부터 봐 왔던 아빠의 웃는 모습이 고스란히 내 삶에 뿌리를 내린 것이다. 이처럼 소중한 자산을 선물해 준 아빠에게 고마울 따름이다.

내 웃음의 내공은 아빠와 견줄 만한 것이 못 되었다. 아빠는 힘들수록 더 웃어 보이는 지혜를 지녔지만 나는 그렇지 못했다. 하지만 믿는다. 언젠가는 아빠 같은 사람이 되리라고. 아빠의 딸이니까. 시한부 선고는 고통스럽지만 나는 울지 않기로 했다. 아빠가 그랬듯 오히려 더 밝은 모습으로 어둠을 헤쳐 나가리라 다짐했다.

　잘 나온 사진 하나를 골라서 뚝딱뚝딱 편집했다. 아빠 얼굴에 콧수염을 붙여 보고, 안경도 씌우고, 예쁜 리본도 달았다. 편집된 사진들을 하나씩 보던 아빠는 「전국노래자랑」을 볼 때보다 더 환하게 웃었다. 내 얼굴에도 웃음꽃이 만발했다. 미소 천사 아빠와 아빠를 닮고 싶은 딸은 그렇게 무거운 병실 공기를 웃음으로 가득 채웠다.

。

잃 어 버 린
보 물

몸의 기억은 세월을 무색하게 한다. 아주 오랜만에 운전대
를 잡거나 자전거를 타도 반사적으로 몸이 움직이는 것 역시
이 때문이다. 아빠에게도 그런 것이 있었다.

"이번에는 아빠가 직접 나를 찍어 줘 봐."

"내가?"

막내딸이 처음으로 찍어 준 자신의 사진을 보며 해맑게 웃
던 아빠. 사진을 찍어 달라는 말에 눈이 휘둥그래졌다. 내가
카메라 작동법을 알려 주자 아빠는 웃음기를 거두고 제법 진
지한 표정으로 따라 했다. 오랜만에 만진 카메라에 긴장했는
지 처음 두세 번은 초점이 흔들렸지만, 이내 곧 제대로 된 사

진을 찍는 데 성공했다. 20여 년 만이었다. 강산이 두 번 변하고도 남을 만큼 긴 세월이 흘렀지만 카메라에 익숙했던 감각은 여전했다. 링거 때문에 불편한 손도 전혀 문제 되지 않았다.

　내가 어렸을 때, 작은아빠는 종종 우리 가족의 사진을 찍어 주곤 했다. 아빠는 그때마다 동생의 카메라에서 눈을 떼지 못했다. 당시 카메라는 사진관에서나 볼 수 있는 고가의 물건이라서 일반 사람들이 쉽게 가질 수 없었다. 어느 날 작은아빠가 선물이라며 수동 카메라를 내밀었을 때, 아빠는 기꺼이 받았다. 물건에 욕심이 없고 공짜를 싫어하는 사람이었는데도 말이다. 카메라가 생긴 뒤부터 아빠의 일상은 기록의 보물들로 넘쳐 나기 시작했다. 아빠는 틈나는 대로 카메라 줄을 목에 걸고 "얘들아, 사진 찍으러 가자" 하고 외쳤다. 그러면 언니들과 나는 하던 놀이도 멈추고 환호하며 따라나섰다. 카메라 앞에 서서 포즈를 취하는 일은 우리에게 신나는 놀이였다. 아빠 양복을 입고 바지 주머니에 손을 넣은 채 어른스러운 표정을 짓거나 서로의 얼굴에 주먹을 대며 얼굴을 찡그리기도 했다. 꽃을 마이크 삼아 노래도 부르고, 강아지를 품에 안은 뒤 앞발을 들어 보이며 까르르거렸다. 장난기 가득한 딸들의 모습에 아빠는 그저 껄껄 웃으며 쉴 새 없이 셔터를 눌러 댔다.

당시 우리 집 근처에는 마당이 넓고 근사한 정원이 딸린 이웃집이 있었다. 남에게 아쉬운 소리를 못 하는 아빠였지만, 일 년에 네 번은 그 집주인에게 머리를 숙이고 부탁을 했다. 그 집 정원을 배경으로 딸들의 사랑스러운 모습을 담고 싶은 욕심에서였다. 주인 할아버지는 흔쾌히 승낙했고 가끔은 우리 옆에 서서 모델이 되어 주기도 했다. 노란 꽃과 분홍 꽃이 아름다움을 뽐내며 왈츠를 추는 봄, 햇살을 머금은 초록빛 나뭇잎들이 눈부시게 반짝이는 여름, 울긋불긋 낙엽들이 바스락 소리를 내는 가을, 새하얀 함박눈이 온 동네를 덮은 겨울이면 우리는 아빠를 따라 그 할아버지 댁으로 갔다. 유독 그 집에서 촬영한 사진들은 달력 사진으로 써도 손색이 없을 정도였다. 멋진 배경과 세 자매의 모습이 한 폭의 그림 같았다.

아빠는 어떤 순간이건 카메라에 담으려 했다. 딸들이 웃는 모습은 물론이고, 심통이 나서 주머니에 양손을 넣고 가자미 눈을 뜨고 있는 모습까지 찍었다. 덕분에 아빠의 사진 속 세 자매는 설명이 필요 없을 만큼 풍부한 감정으로 넘쳐 났다. 언니들과 나는 사진 속 자신의 모습에 깔깔거렸고, 아빠는 그런 우리를 흐뭇하게 바라보곤 했다. 한 손에 잡힐 만큼 작은 카메라가 주는 행복은 더없이 컸다.

그리도 좋아하던 카메라였건만, 아빠는 언제부턴가 사진을 찍지 않았다. 세 자매가 하나씩 사춘기를 겪으면서 행복하기만 했던 사진 촬영에 먹구름이 끼기 시작한 것이다. 우리는 저마다의 방식대로 성장해 갔고, 자연스럽게 각자의 공간에서 시간을 보내는 일이 많아졌다. 사진을 찍으러 가자는 아빠의 말이 귀찮게 여겨졌고, 마지못해 따라나서곤 했다. 좀 웃어 보라는 아빠의 말에도 시큰둥하거나 억지 웃음을 짓기 일쑤였다. 사진은 거짓말을 못 한다. 당시에 찍은 사진을 보면 그때 그 마음이 표정에 오롯하게 드러나 있다. 이 마음을 카메라 렌즈로 고스란히 느꼈을 아빠를 생각하니, 미안해서 가슴 한구석이 아렸다.

아빠는 멋진 풍경이나 꽃 같은 것들은 카메라에 담지 않았다. 아빠에게 최고이자 유일한 모델은 오직 딸들이었다. 그들의 모습을 더 이상 찍을 수 없으니 사진 촬영은 즐겁지도 않았고, 의미도 없었다. 그러니 결국 카메라를 손에서 놓을 수밖에. 소중한 추억을 행복하게 기록해 온 아빠의 작업은 그렇게 영영 끝이 나고 말았다.

세월이 흘러 아빠에게는 기억을 잃는 병이 찾아왔다. 치매 이후 아빠는 잊고 지냈던 카메라를 다시 찾기 시작했다. 하지만 어디에도 없었다. 아마도 이사를 하면서 다른 짐들과 함께 버려진 듯했다. 카메라가 끝내 나오지 않자 아빠는 땅이 꺼져라 한숨을 쉬었다.

20여 년 만에 딸의 사진을 찍으며 신이 난 아빠. 그 모습을 보고 있자니 한편으로는 안쓰러웠다. 언제까지나 간직하고 싶은 기억들을 선명하게 남겨 주는 것이 카메라인데……. 만일 아빠의 사진 촬영이 계속되었다면, 기억의 모래탑이 조금씩 무너져 가는 것을 막을 수 있었을까?

카메라를 든 아빠 앞에 섰던 사춘기 10대 소녀가 어느덧 30대가 됐다. 어릴 적 그때로 돌아가서 장난도 치고 마냥 신난 아이처럼 발랄한 웃음을 지어 보였다. 어렵지도 않은 일인데 왜 그렇게 싫은 티를 냈을까. 미안한 마음에 일부러 더 우스운 포즈를 취했다. 아이처럼 이빨을 훤히 드러낸 채 괴물 소리를 내고, 양손 검지로 눈꼬리를 아래로 당겨 내리거나 두 팔을 위로 쭉 뻗고 억울한 표정으로 벌 서는 시늉을 했다. 포즈를 바꿀 때마다 카메라를 향해 행복한 표정을 지어 보였다. 카메라 렌즈 너머에 있는 당신을 사랑한다는 내 진한 마음이 이번에는 선명하게 전해지길 바라면서.

。

두 번째
데 이 트

아빠는 서둘러 신발을 신었다. 얼굴에 생기가 돌고 눈동자
가 반짝거렸다. 고작 병원 옆 공원으로 바람 쐬러 나가는 것
뿐인데 저리도 좋을까.

막상 공원에 도착하니 기대했던 맑은 공기, 한적함은 없
다. 우리를 맞아 준 것은 바로 옆 도로에서 흘러온 매연과 지
친 퇴근족들의 짜증 섞인 경적 소리였다. 그나마 병원의 공
기가 느껴지지 않음을 위안 삼을 수밖에.

한여름의 더위가 한풀 꺾인 시간, 신발 밑창까지 녹일 기
세로 뜨겁게 달궈졌던 땅의 열기가 잠잠해졌다. 제법 시원하
게 부는 바람을 타고 머리카락이 하늘하늘 파도 춤을 췄다.

산책하기에 더없이 좋은 날이었다. 링거 거치대의 바퀴가 드르륵 소리를 내며 아빠의 걸음에 맞춰 움직였다. 오른쪽 다리를 절뚝거리고 한 손은 자신의 키보다 큰 거치대를 밀면서도 아빠의 얼굴은 불편한 기색이 없었다. 옆에 있는 나는 아빠가 행여 넘어질까 그 팔에 내 팔을 단단히 끼워 넣고 한 발 한 발 나아갔다.

"밖에 나와서 걸으니까 참 좋다. 그렇지, 아빠?"

"그래."

"바람도 참 시원하네."

아빠는 인자한 미소를 지으며 고개를 끄덕일 뿐이다. 이후론 어색한 침묵만 계속 흘렀다.

그때 매미가 앙칼지게 찌르르거렸다. 고마운 소리다. 덕분에 잠들어 있던 오래 전 기억이 깨어났으니까.

"혹시 생각나? 어렸을 때 아빠랑 나랑 둘이서 삼촌 집에 놀러 갔던 거."

"글쎄……."

"여섯 살 때였나, 엄청 더웠을 때 갔었잖아. 그때 참 좋았는데……."

아빠는 기억의 실타래를 감다가 드디어 생각이 났는지 활짝 웃으며 "아아, 그때!" 하곤 고개를 끄덕였다.

왜 우리 둘만 갔는지는 기억이 잘 나지 않았다. 하지만 아빠와 한여름의 시골길을 걷던 그날, 찌르르 노래하는 매미 소리만큼은 또렷하게 기억이 났다. 아스팔트로 포장되지 않은 좁은 흙길은 두 사람이 나란히 걷기에 딱 알맞은 폭이었다. 양옆으로 드넓게 펼쳐진 밭에는 초록빛 잎사귀들이 무성했다. 그 속에 군데군데 드러난 빨간 꽃, 노란 꽃, 하얀 꽃의 조화가 무척이나 멋스러웠다. 자연은 뜨거운 태양의 열기에도 지친 기색 하나 없이 싱그럽기만 했다.

여섯 살 꼬마였던 나는 아빠 손을 꼭 잡고 이글거리는 흙길 위를 폴짝폴짝 뛰었다. 손바닥에 땀이 차면 자리를 옮겨서 반대편 손을 잡았다. 뭐가 그리 신났는지……. 늘 언니들과 함께하다가 그날만큼은 아빠를 독차지할 수 있어서 마냥 좋았다. 나는 무지개처럼 다채로운 표정을 지으며 마음속 이야기들을 쏟아 냈다.

"아빠, 참 이상하다. 어떤 아줌마가 젖을 뗐다고 하는데 암만 봐도 젖이 그대로인 거 있지."

"나 만화에 나오는 딱따구리 흉내 낼 수 있다! 볼래? 으헤

헤헤헤, 어때 똑같지?"

"나는 왜 달리기가 느릴까? '무궁화 꽃이 피었습니다' 하면 맨날 나만 술래야. 나도 언니, 오빠 들처럼 빨랐으면 좋겠어."

종달새처럼 쉴 새 없이 지저귀는 딸의 얘기에 아빠는 "그랬구나", "그래서 어떻게 됐어?" 하는 추임새를 넣어 주었다.

아빠와 나의 첫 데이트는 그게 다였다. 나란히 걷고 대화하고. 그다지 특별할 것 없지만, 작은 연못처럼 소박한 그 기억이 주는 행복은 태평양처럼 넓고 깊었다. 내 인생에서 잊지 못할 수채화 같은 추억이랄까.

근 30년 만에 우리는 또다시 나란히 걷고 있다. 두 번째 데이트를 하기까지 너무나 긴 세월이 지났다. 기회는 얼마든지 만들 수 있었는데…… 아빠와 단둘이라서 큰 선물을 받은 것처럼 들떠 있던 아이가 언제부턴가 아빠와 둘만 있는 시간을 불편해했다. 이제 나는 안다. 아빠와 함께하는 모든 순간이 더없이 소중하다는 것을.

30년 만의 데이트, 무얼 하면 좋을까? 매미 소리도, 아빠의 인자한 미소도 예전 그대로였다. 변한 건 오직 하나, 무슨 말을 꺼내야 할지 몰라 침묵하고 있는 나였다. 나는 아무 이야기나 쏟아 내기 시작했다.

"난 냉면이 너무 좋아. 비빔냉면 말고 물냉면이. 어찌나 좋아하는지 내 친구가 별명까지 지어 줬을 정도야. '물냉면 원샷'이라고."

"나는 진짜 운이 좋은 것 같아. 아침에 출근할 때 지하철에 아무리 사람이 많아도 내가 선 곳에는 금방 자리가 난다니까."

"우리 부부를 남들이 부러워하고 있어. 집안일을 공평하게 나누고 잘 지킨다고. 밥은 내가, 설거지는 김 서방이, 청소기는 내가 돌리고 닦는 건 김 서방이 해. 글쎄 김 서방은 감기 걸려 아플 때도 집안일을 하는 거 있지. 하지 말라고 말려도 굳이……."

서른다섯 살 종달새의 얘기를 듣는 내내 아빠는 흐뭇하게 미소 지었다. 제법 긴 거리를 걸은 뒤 공원 의자에 앉았다. 아빠는 숨을 깊게 들이마셨다. 고개를 들어 바람에 흔들리는 나뭇잎들을 바라보는 그 얼굴이, 마치 어린 나의 이야기를 들어줄 때처럼 인자했다.

초록빛 나뭇잎 사이로 여름 하늘이 나왔다 숨었다 하며 장난을 쳤다. 그 모습을 느긋하게 감상하는 노신사의 모습이 무척이나 낭만적으로 느껴졌다. 천천히 눈을 깜빡일 때마다 어디선가 찰칵찰칵 소리가 들리는 것 같았다.

아빠의 기분이 내게도 고스란히 전해져 왔다. 함께 있다는 것만으로도 좋은데, 막둥이의 재잘거림까지 더해져 행복하기 그지없는 아빠. 애당초 어떤 얘기를 들려주면 아빠가 좋아할지 고민할 필요가 없었다. 딸의 목소리라면, 그게 무슨 말이든 언제 들어도 좋으니까.

우리의 두 번째 데이트는 여전히 소박하다. 하지만 더없이 특별하고 소중하다. 먼 훗날 이 순간을 떠올리며 또다시 넉넉해진 마음으로 미소를 짓겠지. 벌써부터 다음 데이트가 기대된다.

。

잠 꾸 러 기
불 침 번

아빠가 사라졌다. 잠들어 있어야 할 침대에는 담즙팩만 덩
그러니 남아 있었다. 배와 연결되어 몸속에 고인 담즙을 받
아 내는 팩이다. 잠든 아빠가 뒤척이면 행여 터질까 봐 침대
난간에 묶어 둔 것이었다. 심장이 철렁 내려앉았다. 이 밤중
에 어디로 간 거지? 혹시 집으로 가겠다고 혼자 병원 밖으
로 나간 걸까? 치매가 있는 사람이, 걷는 것도 불편한 사람
이……. 나는 서둘러 병실 밖으로 뛰쳐나갔다.

빠르게 사방을 두리번거리다가 아빠를 발견했다. 화장실
옆 복도에서 이동식 링거 거치대를 밀면서 천천히 걸어오고
있었다. 안도감에 깊은 숨을 내뱉으려는 찰나 소스라치게 놀

라고 말했다. 새하얀 환자복에 진한 핏자국이 묻어 있었다.

"아빠!"

겁에 질린 얼굴로 소리치며 허겁지겁 달려갔다.

"괜찮아?"

"어, 괜찮아."

아무 일도 없다는 듯 차분히 답하는 아빠. 나는 재빨리 간호사에게 달려갔다.

"빨리 저희 아빠 좀 봐 주세요. 담즙팩이 빠져 버렸어요. 환자복에 피, 피가 묻었어요!"

다급하게 말하는 목소리가 심하게 떨렸다. 두려웠다. 혹여나 때문에 아빠가 잘못될까 봐. 간밤에 작은언니는 병원을 나서기 직전까지 내게 신신당부를 했었다.

"우리 아빠는 착해서 새벽에 화장실 갈 때 너를 안 깨우고 혼자 갈 거야. 그러면 안 되니까 피곤하더라도 자지 말고 잘 지켜봐야 해. 알겠지? 꼭이다!"

"어, 알겠어. 피곤할 텐데 가서 좀 쉬어."

여유롭게 미소까지 지으면서 답했던 나다. 처음으로 병실 야간 당번을 서는 것이지만 잘 해내려고 부지런히 움직였다. 아빠의 취침 준비를 위해 양말을 갈아 신기고, 틀니를 빼서

세척하고, 뜨끈하게 적신 물수건으로 손가락 하나하나를 닦아 주고, 베개도 말끔하게 정돈했다. 그동안 가족으로부터 주로 챙김을 받으며 지냈던 막내가 온전히 아빠를 챙기는 입장이 됐다. 행여 나의 어설픔으로 아빠가 불편한 일이 없도록 더 세심하게 신경 썼다.

병실의 불이 꺼지고 환자와 보호자 모두 잠이 든 시간. 보호자용 침대에 앉아서 아빠를 바라봤다. 잠든 모습을 그렇게 한참 동안 본 것은 처음이었다. 몸속에서는 암세포와 이를 물리치려는 세포들 간의 치열한 싸움이 한창일 텐데도 아빠의 모습은 평온했다. 틀니를 뺀 탓에 살짝 벌어진 입이 오므라져 있었다. 그 사이로 들고 나는 숨소리가 아기처럼 새근새근했다. 그 순간만큼은 암도, 시한부 소식도 모두 잊었다. 한밤중의 평화에 긴장이 풀리고 엷은 미소가 지어졌다.

어둠이 그윽하게 깔린 고요한 병실. 그런 곳에서 말없이 홀로 앉아 있는 것이 쉬운 게 아니었다. 하품하는 간격이 점점 짧아지고 어깨와 목도 뻐근했다. 잠시 누워서 몸이나 풀어 보고자 보호자 침대에 등을 붙였다가 나도 모르게 깜빡 잠이 들었다. 그리고 작은언니의 말대로 아빠는 화장실에 갈 때 나를 깨우지 않았다.

아무리 재촉해도 간호사는 곧 가겠다는 말만 되풀이할 뿐이었다. 안 되겠다 싶어서 다시 화장실 옆 복도로 가다가 아빠를 보았다. 혼자 링거 거치대를 밀면서 병실 안으로 들어가고 있다. 아빠를 부축해서 침대에 앉혀 드렸다. 간호사가 와서는 아빠 배에 있는 담즙팩 연결관을 소독하고 새 담즙팩을 달아 주었다. 나는 옆에서 손가락을 깨물며 숨죽이고 지켜봤다. 다행히 환자복에 묻은 것은 피가 아니었다. 몸에 고인 담즙이 약간의 피에 섞여 붉게 보였던 것이다. 그제야 가슴을 쓸어내렸다. 간호사가 단호하게 말했다.

"어쩌다 한두 번은 괜찮겠지만 이렇게 계속 빠지면 절대 안 됩니다. 세균에 감염될 수 있어서 면역력이 약한 환자분에게는 아주 위험할 수 있어요."

그 말에 조용히 고개를 끄덕였다. 생사의 기로에서는 작은 실수 하나가 돌이킬 수 없는 순간이 되기도 한다. 간호사가 차가운 태도로 말해 줘서 오히려 고맙기까지 했다.

아빠를 깨끗한 환자복으로 갈아입히고 침대에 눕혀 드렸다. 그때까지 아무 말 없이 침착함을 보여 줘서 고마웠다. 나뭇가지처럼 가느다란 아빠의 손을 두 손으로 꼭 감쌌다.

"아빠…… 괜찮아? 앞으로는 화장실 가고 싶으면 신화 꼭 깨워. 알겠지?"

"그래."

"진짜야, 아빠. 나는 괜찮으니까 꼭 깨워야 해. 알겠지?"

"그래, 피곤할 텐데 어서 자라."

속삭이듯 말하는 아빠의 부드러운 목소리가 놀란 내 마음을 살살 어루만졌다. 아무리 태연한 척해도 아빠 눈에는 다 보였을 것이다. 놀란 마음으로 불안에 떨고 있는 딸의 모습이. 아빠는 막내딸을 다독이고는 천천히 눈을 감았다.

잠을 청하는 아빠의 모습에 고단함이 진하게 배어 있었다. 새벽에 홀로 화장실에 갔을 아빠의 모습이 생생하게 그려졌다. 움직일 때마다 들리는 침대의 삐걱삐걱 소리에 곤히 자고 있는 딸이 깨지나 않을까 마음을 졸였을 것이다. 보호자 침대는 아빠의 침대 바로 옆에 있었기에 병실 바닥에 내려가려면 밟을 수밖에 없다. 하지만 내가 누워 있어서 밟을 공간도 마땅치 않았다. 아마도 아빠는 절뚝거리는 불편한 다리로 겨우겨우 중심을 잡으며 침대에서 내려갔을 것이다. 어둠 속에서 신발을 찾기 위해 한참이나 이곳저곳을 살폈을 테고, 가까스로 신발을 찾아 신은 뒤에도 이동식 링거 거치대의 바퀴 소리가 날까 싶어 조심조심 움직였을 것이다. 그러니 담즙팩이 빠진 것도 모를 수밖에.

그런 생각을 하니 눈물이 났다. 명색이 불침번인데, 작은 언니가 그렇게까지 신신당부를 했건만 잠들어 버린 내가 부끄러웠다. 아빠에게 큰일이 생겼다면 나를 용서할 수 있었을까? 화장실에서 혼자 미끄러져 넘어졌을 수도 있고, 또⋯⋯. 생각만 해도 아찔했다.

내가 아빠의 입장이었다면 큰 고민 없이 깨웠을 것이다. 그보다 아빠는 아픈 나를 두고 잠들지 않았을 테지. 그동안 필요한 것이 있으면 아무렇지 않게 말해 왔던 나니까. 늘 받는 것에 익숙하던 나니까.

하지만 아빠는 나와 달랐다. 물 한 잔 달라는 얘기조차 쉽게 하지 못했다. 간밤에 분주하게 이것저것 챙기고, 담즙팩까지 침대에 묶고 난 뒤였다. 아빠를 침대에 눕히기 전에 물었다.

"아빠, 혹시 더 필요한 거 있어?"

"물 한 잔만 줄래?"

속으로 아차 싶었다. 아빠가 평소에 물을 자주 드시는 편인데⋯⋯. 물이 찰랑거리는 컵을 내밀자, 아빠는 "고맙다" 하고는 단숨에 벌컥 들이켰다. 한 잔 더 드리니 역시 허겁지겁 마셨다. 그렇게나 목이 말랐으면서도 참았던 것이다. 그 날 저녁, 아빠는 내가 바삐 움직이는 것을 얌전히 바라보기 만 했다. 처음 불침번을 서다 보니 잔뜩 긴장해서 마음의 여 유를 잃고 말았다. 그런 내 마음을 읽은 아빠는 마냥 갈증을 참으며 기다렸던 것이다. 빈 컵을 받아 들고는 아빠 곁에 앉 아 느긋한 미소를 지어 보였다.

아빠가 화장실에 가려고 딸을 깨우는 것은 있을 수 없는 일이다. 아빠에게는 세상에서 가장 소중하지만, 가장 어려운 존재가 자식이니까. 아무리 사소한 부탁이라도 딸에게 말하 는 것은 쉽지 않다. 반면 나는 어땠던가? 크건 작건 어떤 것 이든 부모에게는 편하게 청했다. 부모와 자식 사이에서 '부 탁의 무게'가 어찌 이토록 다를 수가 있을까.

'잠들지 말아야지'라는 말을 되뇌며 불침번을 서다 또다시 깜빡 잠이 들고 말았다. 눈을 뜨자마자 당혹감과 두려움이 교차했다. 재빨리 몸을 일으키니 침대에 앉은 채 이불을 걷 어 내는 아빠가 보였다. 다행히도 이번에는 조심스럽게 뒤척 이는 소리가 잠결에 들렸다.

"아빠, 왜? 화장실 가고 싶어?"

아빠는 나를 보고 눈을 크게 떴다. 천천히 고개를 끄덕이는 모습에서 미안함이 느껴졌다.

"잘됐네. 같이 가자. 나도 화장실 가고 싶거든."

아빠를 부축해 내려 주면서 다시금 느꼈다. 이걸 혼자 했다니, 얼마나 고생스러웠을까?

그날 새벽 동안 같은 상황이 여러 번 반복됐다. 수액을 맞은 탓에 아빠는 수시로 화장실에 갔다. 아빠가 일어나려 할 때마다 나는 보호자 침대에서 벌떡 일어났다. 잠들었던 것이 아니다. 누워서 캄캄한 천장을 쳐다보며 밤하늘의 별을 보듯 눈을 깜빡이고 있었다. 아빠를 위해서다. 당신 때문에 딸이 깊은 밤에도 뜬눈으로 앉아 있는 것을 보는 마음이 어떨지 잘 알기에.

어느덧 날이 밝았다. 밤을 지새 본 적이 한 번도 없던 나지만 피곤하지도, 어깨가 무겁지도 않았다. 오히려 기운이 넘치고 뿌듯하기까지 했다. 늘 받기만 하던 막내딸이었는데……. 지금껏 힘든 것도 참아 가며 나를 위해 애썼던 아빠가 어떤 기분이었을지 조금은 알 것 같았다.

。

대 통 령
후 보

한쪽 다리를 절뚝거리며 걷는 아빠를 보면 만감이 교차
했다. 안타깝지만 화도 나고 한편으로는 미안하기도 하
고……. 몇 년 전, 공기가 꽤 쌀쌀한 어느 초봄 아침의 일이
다. 베란다에서 들려오는 아빠의 "아이고, 아이고" 소리에
작은언니와 엄마가 놀라 잠에서 깼다. 아빠는 바닥에 주저앉
아 신음하고 있었다. 베란다 창문을 닫으려다 그만 미끄러진
것이다. 그로부터 한 달이 지나고서야 오른쪽 다리에 인공
고관절을 심는 대수술을 받았다.

60대 노인이 딱딱한 타일 위에서 넘어진 것은 심각한 사
건이다. 그런데 아빠는 무릎이 아프다면서도 당장 병원에 가

자는 말은 단호하게 거부했다. 소식을 들은 큰언니 내외와 우리 내외가 친정으로 가서 설득한 끝에 겨우 집 근처 응급실로 갔다. 넘어졌을 당시의 상황을 자세히 얘기해 달라는 의사에게 아빠는 창문을 닫다가 넘어졌고 무릎이 아프다는 얘기만 반복했다. 무릎 엑스레이 촬영 결과 아무런 이상이 없었다. 가족들이 의아해하며 아빠가 통증을 호소하는 이유를 묻자 의사는 대수롭지 않게 말했다.

"아무래도 환자 분이 치매 때문에 정신적 충격으로 그러시는 것 같습니다. 시간이 지나면 괜찮아질 겁니다."

우리는 안심하고 집으로 돌아갔다. 하지만 날이 갈수록 아빠는 더욱 아파했고 누워 있는 시간이 늘어났다. 한 달쯤 지났을 때, 엄마가 자고 있는 아빠의 양쪽 다리 길이가 10센티미터 정도 차이 나는 것을 발견했다. 곧바로 종합병원으로 갔더니 의사가 심각한 얼굴로 말했다.

"고관절이 파열됐습니다. 그동안 상당히 아프셨을 텐데 어떻게 참으셨는지 놀랍네요. 초기에 발견했다면 금이 간 뼈를 붙이는 것만으로 해결이 되었겠지만, 이제는 뼈가 완전히 파열되고 어긋나 버려서 하루 빨리 인공 관절을 심어야 합니다. 안 그러면 위험합니다."

아빠에게 미안하고 스스로에게 화가 났다. 베란다에서 미끄러져 주저앉아 있었으니 당연히 엉덩방아를 찧었을 텐데, 왜 그때는 생각을 못 했을까? 무릎 엑스레이를 찍었던 의사도 원망스러웠다.

암 환자에게 운동은 중요하다. 절뚝거리는 다리로도 병원 옆 공원에서 꾸준히 걷기 운동을 하는 아빠가 고마울 따름이었다. 하지만 며칠이 지나자 조금만 걸어도 힘들다며 앉으려고만 했다. 다리가 아프다며 휠체어에 앉은 아빠에게 운동을 더 해야 한다는 말이 떨어지지 않았다. 때마침 누군가와 통화를 마치고 온 작은언니가 우리에게 다가왔다.

"왜 이러고 있어? 어서 운동해야지."

"아빠가 수술한 다리가 많이 아프다고 해서……."

작은언니도 당연히 나처럼 마음이 약해질 줄 알았다. 아빠를 누구보다도 아끼고 사랑하니까. 하지만 예상과 달리 언니는 씩씩하게 말했다.

"아빠, 지금 이러고 있을 때가 아니야! 열심히 운동해서 빨리 건강을 되찾고 대통령 선거에 나가야지! 그리고 전 세계에서 아빠를 존경한다면서 만나고 싶어 하는 사람들이 계속 연락을 주고 있는데, 아빠가 병원에 있다는 말을 안 했어.

빨리 퇴원해서 그 사람들을 만나야지! 자, 저기까지만 더 걷자."

작은언니의 마법은 이번에도 통했다. 아빠는 입을 굳게 다물고 고개를 끄덕였다. 뭔가 결의에 찬 모습을 보인 뒤 곧바로 일어나서 열심히 걷기 시작했다. 방금 전까지 다리가 아프다며 못 걷겠다고 했던 사람이 맞나 싶을 정도로.

나는 아빠와 조금 떨어진 거리에서 휴대폰을 들고 동영상을 찍었다. 촬영을 하면서 크게 소리쳤다.

"아빠, 대통령이 국민들에게 손 흔들면서 걸어가는 포즈 취해 봐. 이렇게."

나를 향해 함박웃음을 지으며 천천히 손을 흔드는 아빠의 모습이 우아하다. 옆에서 팔짱을 낀 작은언니와 즐거운 대화를 나누는 그 얼굴에는 미소가 떠나질 않았다. 마치 보좌관과 여유롭게 농담을 주고받는 대통령 같았다. 웃음의 에너지 덕분에 다리가 아픈 것도 잊은 아빠는 한참 동안 걸은 뒤에야 휠체어에 앉았다.

"아빠, 지금 동영상 촬영 중이야. 대통령 출마 연설 한번 해 보자. '친애하는 국민 여러분' 해 봐."

아빠는 내 쪽을 보며 아이처럼 해맑게 웃기만 했다.

"자, 아빠. 연습해야지! '친애하는 국민 여러분' 해 봐."

"친애하는 국민 여러분."

"대통령 후보 노영현입니다. 제가 만약 대통령이 된다면."

"대통령 후보 노영현입니다. 제가 만약 대통령이 된다면."

껄껄거리며 내 말을 따라 하는 아빠에게 엄지를 들어 보였다. 막내딸의 장난스런 요구에도 순순히 맞춰 주는 자상함이 새삼 고마웠다.

그날 저녁, 작은언니로부터 전해 들었다. 아빠가 늘 말해 오던 대선 공약을. 가난 때문에 못 배운 아이들에게 교육의 기회 주기, 집이 없는 사람들에게는 좋은 집 지어 주기, 치료비가 없는 사람들을 나라에서 무상으로 치료해 주기, 남북을 통일시켜서 이산가족이 고통받지 않게 하기…….

대부분 어렵거나 고통받는 사람들을 돕자는 복지 정책들이었다. 젊은 시절부터 사정이 딱한 사람을 지나치지 못한 아빠였으니 충분히 이해 가고도 남는다. 무일푼으로 서울에 왔던 아빠는 고생 끝에 어렵사리 집을 마련하고서도 사정이 딱한 지인에게 선뜻 집을 내준 일이 있었다.

"나는 혼자니까 큰 집이 필요 없지만, 형님네는 애들도 있고 하니 당분간 여기에서 지내다가 사정이 좋아지면 언제든

다른 곳으로 옮기세요. 저는 근처의 다른 집을 구할게요."

아빠는 그 지인이 변변한 집도 없이 떠돌며 고생하는 모습이 안타까웠다. 특히 아이들이 고생하는 것을 그냥 두고 볼 수는 없었다. 가난 때문에 힘들었던 자신의 어린 시절 모습을 보는 것만 같았기에. 정말 고맙다며 몇 번이고 머리를 숙였던 그 지인은 이후 아빠 몰래 집을 팔고 잠적해 버렸다. 평소 신뢰를 중요시했던 아빠는 배신감에 쓰린 마음을 달래야만 했다. 하지만 거기까지였을 뿐 그들을 찾지는 않았다. 되레 "오죽 힘들었으면 그랬을까?" 하며 이해하려 노력했다. 어차피 집을 내줬을 때 다시 찾으리라 생각했던 것도 아니었다. 미안해하는 지인을 배려해서 당분간이라는 말을 했을 뿐이다. 아빠는 그렇게 도움을 주면서도 상대방의 마음을 헤아리는 사람이었다.

아빠 같은 사람이 대통령이 되면 어떨까. 희생과 배려가 몸에 밴 사람, 어떤 일이건 내 일처럼 성실하게 책임을 다하면서도 유쾌한 농담과 웃음을 잃지 않는 사람. 완벽하지는 않아도 이런 사람이 보살피는 나라는 어떨까 하는 생각을 해 보았다. 나는 이런 아빠의 딸인 것이 자랑스럽다.

청 춘

'노영현, 68세.'

병원 침대 머리맡에 붙어 있는 종이를 보고는 장난스레 아빠에게 물었다.

"아빠 나이가 어떻게 되지?"

"작년에 스물아홉이었으니, 올해가 서른이네."

"이야, 우리 아빠 참 젊네."

농담을 좋아하는 아빠는 사람들이 나이를 물으면 언제나 이렇게 답하고는 껄껄 웃었다. 나이에 대한 개념을 몰랐던 어린 시절에는 아빠가 정말 서른인 줄로 알고 지냈다. 초등학교 고학년이 되어서야 아빠의 나이를 제대로 모르는 것이 왠지 부끄러웠다. 진짜 나이를 알려 달라고 진지하게 물어도 40대였던 아빠는 늘 그랬듯이 농담으로 응수했다. 내가 급기야 짜증까지 냈지만 웃기만 할 뿐 끝내 알려 주지 않았다.

얼굴에 주름이 점점 늘어 가는 50대에도, 검은머리보다 흰머리가 더 많아진 60대에도, 아빠의 대답은 변하지 않았다. 누구나 청춘에 대한 동경, 젊게 살고 싶은 마음은 있기 마련이다. 어쩌면 아빠도 그리 좋았던 청춘으로 돌아가고 싶었던 걸까?

한여름의 태양 아래, 이제 막 성인이 된 앳된 청년이 긴장과 설렘을 숨긴 채 서 있다. 기차에서 내려 서울역사를 빠져나왔더니 수많은 사람이 어디론가 바쁘게 걸어가고, 텔레비전에서나 봤던 자동차들이 눈앞에서 시끄럽게 빵빵거렸다. 청년은 순간 딴 세상에 있는 듯한 착각마저 들었다. 하지만 이내 정신을 차리고 결의에 찬 표정을 지었다. 그렇게 아빠의 청춘 역사가 시작되었다.

넉넉하지 않은 시골 농가에서 태어난 아빠는 자수성가를 꿈꾸며 홀로 서울에 왔다. 뭐든 열심히 할 자신이 있었지만 일자리를 찾기란 생각만큼 그리 쉽지 않았다. 찌는 더위 속에서 아빠는 저마다 목적지가 있어 보이는 행인들을 부러운 듯 바라보며 깊은 한숨을 내쉬었다. 이대로 다시 고향으로 돌아가야만 하는 것인지 고민하던 차에 어디선가 쩌렁쩌렁한 목소리가 귀를 찔렀다.

"아~이스께끼~, 아~이스께끼~."

당시에는 한쪽 어깨에 큰 가방을 메고 이렇게 외치는 사람들이 있었다. 그들은 사람 많은 곳을 찾아다니며 일명 '하드'라고 불리던 막대 아이스크림을 팔았다. 아빠는 드디어 서울에서의 첫 일자리를 찾았다. '아이스께끼'라고 불리던 날들……. 비록 몸은 힘들었지만 특유의 낙천적인 성격 덕에 늘 웃음을 잃지 않았다. 이후에도 고물상, 전기제품 수리를 비롯해 갖가지 일을 하며 젊음의 열정을 뜨겁게 태웠다.

하루도 쉬지 않고 달려온 덕분에 아빠는 어엿한 내 집을 갖게 되었다. 이렇게만 일하면 금방 성공할 수 있을 것만 같았다. 그러던 어느 날, 평소 아빠의 성실함과 생활력을 눈여겨봤던 지인이 한 여성을 소개해 줬고 둘은 결혼을 했다. 이듬해 자신을 쏙 닮은 딸이 태어났을 때, 아빠는 누구보다 행복했다. 결코 쉽게 허락되지 않을 것만 같았던 집과 배우자, 자식을 얻은 것이 감사하고 신기했다. 하지만 식구가 하나둘

늘어가면서 아빠의 삶은 상경 당시 꾸었던 목표와는 점점 멀어져만 갔다.

스물아홉의 마지막 밤, 몇 분 후면 시작될 서른을 앞두고 아빠는 생각에 잠겼다. 고향에서 곡식을 팔아 겨우 차비 정도만 마련해 올라온 서울 땅. 수중에 가진 것도 없고 오직 혼자뿐이었는데, 지금은 이렇게 한겨울의 바람을 막아 주는 따뜻한 집에서 사랑하는 가족과 함께였다. 숨 가쁘게 달려왔던 지난 날들이 주마등처럼 스쳐 갔다.

참 열심히도 살아왔다. 비록 처음 서울에 올라왔을 때 지녔던 목표도 이루지 못했고 가슴 아픈 실패와 좌절도 수없이 경험했지만, 결코 후회하지 않았다. 만일 누군가 자신의 20대가 어땠는지 묻는다면 뜨거웠고, 아름다웠고, 행복했노라고 자신 있게 말할 수 있으리라.

그날 밤, 아빠는 잠든 아내와 자식들의 얼굴을 차례로 바라보며 다시 한 번 각오를 다졌다.

'이제 곧 서른이다. 나는 변함없이 최선을 다할 것이다. 나의 아내, 내 아이들과 함께라면 언젠가는 나의 목표를 분명 이룰 수 있으리라 믿는다.'

아빠는 서울역에 첫발을 내딛었을 때의 목표를 끝내 이루지 못했다. 하지만 꿈을 향해 열심히 살았던 젊은 날의 마음 가짐과 자세로 늘 살고자 했다. 아빠가 술을 드실 때마다 기분 좋게 부르던 노래가 있다. 송대관의 '해 뜰 날'. 그 노랫말에 흠뻑 취해서 호탕하게 열창하던 아빠의 모습이 아직도 눈에 선하다. 그때만큼은 아빠는 다시 청춘이었다.

꿈을 안고 왔단다 내가 왔단다
슬픔도 괴로움도 모두 모두 비켜라
안 되는 일 없단다 노력하면은
쨍하고 해 뜰 날 돌아온단다
뛰고 뛰고 뛰는 몸이라 괴롭지만
힘겨운 나의 인생 구름 걷히고
산뜻하게 맑은 날 돌아온단다
쨍하고 해 뜰 날 돌아온단다

。

아 빠 의

사 과

    시계가 자정을 향해 달려가는 늦은 밤, 한 여자가 고통스러운 비명을 지르며 병원으로 들어왔다. 그녀를 보자마자 의사가 심각한 얼굴로 외쳤다.

    "당장, 수술실로 옮겨요!"

    대기실을 서성이며 마른침을 삼켜 대던 남자는 갑자기 아무 소리가 들리지 않자 걸음을 멈췄다. 적막 속에서 불안한 눈동자로 굳게 닫힌 수술실 문을 응시했다. 곧이어 다시 들려온 비명에 오히려 눈을 감고 안도의 한숨을 내뱉었다. 그러기를 몇 번, 의사가 뛰다시피 나와서는 다급하게 말했다. 산모와 아기 중에 선택하라고. 안 그러면 둘 다 위험하다고.

남자는 얼음처럼 굳어 버렸다. 재촉하는 의사의 눈빛에 얼굴이 일그러지고 심장이 터질 것만 같았다. 눈앞이 흐려지고 몽롱해지려던 순간 천둥 같은 호통이 들렸다.

"어서요! 이러다간 둘 다 죽는다고요!"

"사…… 산모요!"

남자는 겨우 말을 내뱉고는 그대로 털썩 주저앉았다. 초점 없는 눈동자로 하염없이 벽만 바라보다가 밀려 오는 후회와 죄책감에 온몸을 떨었다. 바로 그때, 기적 같은 소리가 들려왔다. 이 세상에 첫 신고를 하는 아기의 울음소리. 그날 산모와 아기는 모두 무사했다.

아빠로부터 수없이 들었건만 그때마다 가슴을 졸이다가 짜릿한 결말에 전율을 느낀다. 이처럼 역동적인, 마치 영웅의 탄생 신화 같은 이야기 속 주인공이 나라니! 얘기를 들을 때마다 내가 더없이 소중한 사람처럼 느껴졌다.

은발의 노신사가 된 아빠가 그날의 얘기를 또다시 해 주고 있다. 황달로 노랗게 변한 얼굴을 하고, 병원 침대에 앉아서 말이다. 그동안은 내 기분에만 취해 마냥 신나서 들었는데, 이번에는 온전히 아빠에게 신경을 집중하며 들어 본다. 찡그리는 이마, 팽창된 동공, 격양된 목소리를 통해 오롯이 아빠의 입장이 되어 보았다.

내가 태어난 날, 아빠는 일생일대의 고민에 직면했다. 한 생명의 촛불을 꺼 버리는 결정이니까. 잔인한 선택의 갈림길에서 고통스럽게 몸부림쳐 봤지만 소용없었다. 어쩔 수 없는 선택을 하고 나서는 간절히 바랐다. 기적이 일어나기를, 제발 아기가 무사하기를. 그때 들려온 우렁찬 아기 울음소리가 무너진 아빠를 일으켜 세웠다. 지옥과 천국을 오간 그 순간은 평생토록 절대 잊을 수 없었다.

흥분하며 얘기를 이어 가던 탓에 아빠의 노란 얼굴에 붉은 빛이 감돌았다. 얘기를 다 마치고는 감정을 추스르고 나에게 말했다.

"그때는 아빠가 정말 미안했다. 네 언니들이 너무 어렸기 때문에 어쩔 수가 없었어."

그동안 셀 수 없이 듣던 이 말이 처음으로 가슴 깊이 들어와 파도의 너울을 만들었다. 아빠에게는 미안하지만 그동안은 별로 와닿지 않았다. 그 얘기를 왜 계속하는지 이해가 안 갔다. 어차피 기억조차 못하는 일인데 굳이……. 매번 진심으로 용서를 구하는 아빠에게 나는 대수롭지 않게 여기며 툭 던지듯 답하곤 했다.

"아니야, 아빠. 누구라도 그랬을 거야."

"이해해 줘서 고맙다."

아빠는 여전히 미안함이 남아 있는 얼굴로 말했다. 딸의 무성의한 대답에도 고마워하면서. 나는 그 얼굴을 뒤로하고 그날의 이야기를 곱씹으며 웃곤 했다. 병실에서 또다시 듣게 된 아빠의 사과. 그 익숙한 말에 나는 아무런 말도 하지 못했다. 아빠의 눈가에 고인 물방울이 보였다. 내가 태어나던 날, 갓난아기인 나를 품에 안았을 때도 그랬겠지.

'아가야…… 아가야…… 미안하다. 정말 미안하다. 하마터면 내가 너를…….'

그제야 이해가 갔다. 아빠가 언니들과 나를 다르게 대하던 이유가. 아빠는 내가 원하는 것은 무엇이건 흔쾌히 들어줬다. 눈치 빠른 작은 언니는 "네가 아빠한테 졸라 봐. 그래야 들어줄 거야"라며 내 등을 떠밀곤 했다.

나는 혼난 적도 거의 없었다. 내가 중학생이었을 때, 연일 계속된 한파 주의보로 바람이 사나웠던 날이었다. 저녁 약속이 있어서 작은언니와 막 나가려는데 집에 돌아온 아빠가 막아섰다. 바람이 차고, 날이 어둡다며. 사춘기 소녀에게 아빠의 얘기는 듣기 싫은 잔소리일 뿐이었다. 우리가 고집을 부리자 아빠는 화를 냈다. 날씨 탓인지 그날따라 유난히 매서운 모습이었다. 아빠는 반항하는 작은언니에게 고함을 치더니 "너, 정말 맞을래?" 하고 무섭게 돌변했다. 당황해서 입을 다문 언니와는 달리 나는 "갈 거야, 갈 거라고!" 하며 카랑카랑하게 악을 썼다. 아빠는 고개를 돌려 나를 노려봤다. 아랫입술을 깨문 채 몸을 부들부들 떠는 모습은 폭발하기 직전이었다. 나는 눈에 더욱 힘주며 겁먹지 않은 척했다. 팽팽한 긴장감 속에서 최악의 상황이 오리라 예상했다. 하지만 분명히 기억난다. 버럭 화를 내려다가 멈칫했던 아빠의 모습을. 천장을 향해 한숨을 길게 내쉬더니 눈을 질끈 감던 모습을. 나는 그 모습을 뒤로한 채 작은언니의 손을 잡아끌고 밖으로 나갔다.

모든 것이 막내라서 그런 줄로만 알았다. 하지만 단지 그뿐이 아니었다. 가슴에 두고두고 남아 있는 미안함에서 비롯된 것이었다.

부모 마음은 그런가 보다. 정말이지 그럴 만한 일이 아니었는데도 자식에게 미안해한다. 부모라면 누구나 마음속에 그런 빚이 하나쯤은 있다. 평생 갚아도 갚지 못할 빚, 바로 자식에 대한 빚이다. 나의 시어머니는 입버릇처럼 말씀하셨다. "내가 애들 어렸을 때 너무 못 해 준 게 미안해서……"라고. 세 살배기와 돌쟁이 자식을 남기고 하늘나라로 간 남편 몫까지 하며 두 아들을 키워 내신 분인데도 말이다. 그러면서 여전히 자식을 위해, 당신 몸이 힘든 것은 아무렇지 않게 여기신다.

나는 그런 어머니께 말했다. 미안해하지 마시라고. 이미 넘칠 만큼 잘 해 줬고, 자식들이 그 은혜를 갚으려면 평생 가도 모자랄 거라고. 며느리의 몇 마디 말에 어머니는 눈시울을 붉히셨다. 긴 세월 품어 온 응어리를 누군가가 보듬어 준 적이 처음이었던 걸까.

자식에 대한 미안함을 품고 지낸 또 한 사람이 지금 내 앞에 있다. 무려 35년이다. 아빠가 막내딸에게 빚진 자의 심정으로 살아온 세월이. 나는 지금껏 그 마음을 제대로 보듬은 적이 없다. 내가 무엇을 할 수 있을까? 내가 그래 왔듯, 아빠도 막내딸이 태어나던 순간의 밝은 기억만 남겼으면 좋겠다. 그날의 일이 미안함 대신 아빠의 인생에 기쁨과 희망의 씨앗으로 심어지기를 바랐다.

"아니야, 아빠. 누구라도 그랬을 거야. 그나저나 아무래도 내가 어마어마한 사람이 될 건가 봐. 그렇게 훌륭한 탄생 신

화를 가지고 태어났으니 말이야. 이건 정말이지, 보통 이야
기가 아니잖아. 그렇지? 그러니까 앞으로는 미안해하지 않
기! 알았지?"

"그래, 고맙다."

고개를 끄덕이며 온화한 표정으로 나를 바라봐 주는 모습
에 가슴이 먹먹해져 왔다. 아빠는 정말 모르나 보다. 내가 이
세상에 태어나고, 숨쉬고, 걷고, 먹고, 말하고, 생각하고, 웃
는 것이 누구 덕분인지를.

"내가 더 고맙지. 만약 내가 위대한 사람이 된다면 사람들
에게 당당하게 말할 거야. 우리 아빠가 노, 영 자, 현 자 되시
는 분이라고. 나의 성공은 모두 훌륭한 아빠 덕분이라고. 고
마워, 아빠."

처음이었다. 진심을 담은 감사의 말을 전한 것이. 아빠는
그제야 활짝 웃었다. 아빠에게도 처음일 것이다. 딸이 태어
나던 날의 얘기를 하며 이렇게 웃는 것이. 내 인생의 신화 창
조가 무엇일지 모르지만 꼭 보여 드리고 싶다. 부디 그때까
지 오래오래 내 곁에 있어 주길 간절히 바랄 뿐……

。

200살이라는
약속

　"아빠, 알아보니까 요즘은 암이 별 게 아니더라. 이겨 낸 경우가 아주 많아. 중요한 건 환자 본인의 의지래. 그러니까 약속하자. 꼭 이겨 내겠다고."

　하루에도 몇 번씩 하고 싶지만 늘 마음속에만 담아 둔 말이었다. 우리는 아빠에게 병명조차 밝히지 않았다. 치매가 있는 아빠가 지금의 상황을 받아들일 수 있을까? 오히려 충격을 받고 상황이 악화될지도 모를 일이었다. 그 대신 우리는 아빠의 삶에 대한 의지를 강하게 할 방법을 고민했다.

　"아빠! 건강하게 오래오래 몇 살까지 살아야 하는지 알아?"

"한…… 100살?"

"아빠 손자, 그러니까 신희 언니 아들 봉현이가 지금 중학생이거든."

"봉현이가 벌써 중학생이냐?"

놀란 아빠가 눈을 크게 뜨고 물었다. 이틀 전에도 똑같은 표정이었다. 하나뿐인 손자가 병문안을 왔던 날도 나이를 묻고 지금처럼 놀랐었다. 치매 이후 멈춰 버린 아빠의 기억 속에서, 큰언니의 아들 봉현이는 언제나 동심이 가득한 어린아이로만 머물러 있었다.

"응, 시간 참 빠르지? 봉현이가 이다음에 커서 결혼하고, 자식을 낳고, 그 자식이 또 결혼해서 자식을 낳는 것까지 다 봐야지. 그러려면 200살까지 건강하게 살아야 해. 200살! 기억해야 돼. 200살. 몇 살이라고?"

다 큰 딸이 아이같이 억지를 부리는데도, 아빠는 윗니를 훤히 드러내며 웃더니 "그래, 200살!" 하며 맞장구쳐 주었다. 터무니없는 얘기라며 핀잔을 주기는커녕 내 말에 반응해 주는 인자함에 마음이 따뜻해졌다. 생각해 보니 아빠는 지금껏 내 말에 '아니다', '틀리다'라고 대답한 적이 거의 없었다. 훗날 내가 백발이 되더라도 어떤 얘기든 지금처럼 따뜻한 미소로 받아 주겠지.

"아빠, 꼭이다! 200살까지. 약속."

"약속."

아빠는 꼿꼿이 세운 딸의 새끼손가락에 자신의 새끼손가락을 살포시 걸었다. 엄지를 맞대며 도장을 찍고 손바닥을 빗겨 밀며 복사까지 해 두었다. 딸에게 손을 내맡긴 아빠가 기분 좋게 웃었다. 막내딸이 말하는 먼 미래의 순간들을 실제로 맞이한다면 지금처럼 웃어 보이겠지. 200살, 지금껏 누구도 살아보지 못한 나이다. 헛된 바람인 줄은 알지만 자꾸만 욕심이 났다.

이후 아빠와 나는 같은 대화를 틈나는 대로 반복했다. 치매는 머릿속에 그려진 새로운 그림을 금세 지워 버렸다. 아빠는 항상 내가 일러 준 후에야 '200살'이라고 답했다.

그러던 어느 날, 허공 속 친구와 막 대화를 끝낸 아빠에게 다가가 몇 살까지 살아야 하는지 물었다. 그런데 아빠가 씨익 웃으며 "200살"이라 대답하는 게 아닌가! 나도 모르게 손뼉까지 치며 환호했다. 아빠의 머릿속에 같은 그림을 수없이 덧칠했더니 결국 머릿속 지우개도 손을 든 것이다. 몇 시간 뒤, 저녁 식사를 마친 아빠에게 또다시 물었을 때도 아빠는 또렷하게 말했다. 200살이라고. 치매는 기억이 완전히 멈추는 병이 아니었다. 이것을 진즉 깨달았더라면……

친정에 갈 때마다 아빠는 내게 물었다.

"신화, 네가 지금 어느 회사에 다닌다고 했지?"

기억하기로, 처음 몇 번은 아빠의 눈을 보며 다정하게 답해 주었다. 하지만 언제부턴가 스치듯 대충 답하고는 텔레비전을 보거나 식구들과 하던 대화를 계속했다. 어차피 얘기해도 금방 잊어버릴 거라 여겼다. 성의 없는 대답에도 아빠는 흐뭇하게 웃으며 고개를 끄덕였다. 그러고는 뒤돌아서 집 안을 걸어 다니다가 다시 와서 같은 질문을 또 했다.

왜 같은 질문을 계속했던 걸까? 나는 한 번도 그 마음을 헤아려 본 적이 없었다. 아빠에게는 의미가 커서 늘 가슴에 품던 궁금증이었을 것이다. 가물가물한 기억을 헤매다 끝내 생각해 내지 못하고 답답한 표정으로 묻던 아빠의 모습이 눈에 아른거렸다. 문득 그런 아빠의 머릿속에 심어 줄 것이 하나 떠올랐다.

"아빠, 내가 어느 회사에 다니고 있지?"

아빠가 기억을 훑다가 이내 답답한 얼굴로 되물었다.

"신화, 네 회사가 어디라고 했지?"

"SK텔레콤. 옛날 한국이동통신 알지? 이름이 SK텔레콤으로 바뀌었어."

"그래."

"아빠, 신화 회사가 어디라고?"

"SK텔레콤."

"우리 아빠 발음 참 좋다. 다시 말해 볼래?"

"SK텔레콤."

아빠가 한결 편안해진 얼굴로 미소 지었다. 앞으로 아빠 머릿속에 덧칠을 얼마나 더 해야 할까. 하지만 괜찮았다. 그게 몇백 번이 될지라도.

。

내 가   아 는

최 고 의

해 결 사

공원 산책을 마치고 병원으로 돌아가는 중이었다. 아빠가 앉아 있는 휠체어가 갑자기 아무리 밀어도 움직이지 않았다. 브레이크를 확인했지만 풀려 있었다. 다시 한 번 밀어 봤으나 꼼짝도 하지 않았다. 나는 휠체어의 이곳저곳을 살펴보다가 놀라 소리쳤다.

"어떡해! 어떡해!"

"왜? 무슨 일…… 어머, 어떡해. 이거!"

내 시선이 멈춘 곳을 본 작은언니도 놀랐다. 가느다란 실리콘 호스가 휠체어 바퀴에 껴서 실타래처럼 엉켜 있었다. 아빠의 배에 연결돼 있는 담즙 배출관이다. 배에 뚫린 구멍

속으로 깊숙이 들어가 있는, 몸속에 고인 담즙이 빠져나오는 통로다. 또, 아빠의 황달 수치를 낮추는데 유일하고도 중요한 관이다. 휠체어를 조금이라도 밀었다가는 자칫 배 밖으로 빠져 버려서 치명적인 상황을 초래할 수도 있었다. 그렇게 되면 배에 뚫린 구멍이 무방비 상태로 노출되고, 붉은 피가 걷잡을 수 없게 흘러나오며, 온갖 균들이 구멍 속으로 맹렬하게 침투해 아빠의 몸속 곳곳에 들러붙을 것이다. 생각만 해도 목덜미가 저릿했다. 즉시 처치를 받아야 했지만 병원까지는 제법 거리가 있었다. 간호사의 말이 뇌리를 스쳤다.

"환자 분은 면역력이 약해서 작은 감염이라도 치명적일 수 있으니 특히나 조심해야 합니다."

머릿속이 온통 하얘졌다. 언니와 나는 입술을 깨물며 발만 동동 굴렀다. 휠체어 바퀴에 엉킨 얇은 호스를 빼내려 안간힘을 썼지만 거머리처럼 단단히 붙어 있어 꼼짝도 안 했다.

"제발, 빠져라. 제발!"

우리는 울먹이며 사정하다시피 했다. 포기할 수도 없고, 포기해서도 안 되는 상황. 두려움에 다리가 후들거렸다. 이마와 등줄기는 이미 땀으로 흠뻑 젖어 있었다. 그때 침착하면서도 단호한 목소리가 들렸다.

"잠깐만, 휠체어를 뒤로 밀어서 빼 봐."

아빠였다. 정신이 번쩍 들었다. 곧바로 일어서서 천천히 휠체어를 뒤로 밀자 바퀴에 단단히 붙어 있던 담즙 배출관이 떨어져 대롱거렸다. 작은언니는 그것을 유리 다루듯 조심스럽게 잡았다. 우리는 숨죽인 채 온 신경을 집중했다. 그러던 와중에 나는 비명 지르듯 소리쳤다.

"아, 맞다! 담즙팩!"

실리콘 관 끝에 달려 있어야 하는 담즙팩이 보이지 않았다. 만일 바닥에 떨어져 누군가 밟기라도 했다면 상황이 걷잡을 수 없이 커질 게 뻔했다. 길바닥의 더러운 균들이 빠른 속도로 아빠 몸에 들어갈 테니까. 작은언니와 나는 허겁지겁 바닥을 살폈지만 어디에도 없었다. 입술을 파르르 떨며 고개를 든 순간 담즙팩이 눈에 들어왔다. 아빠의 두 손바닥 사이에 있었다.

"휴우, 아빠가 잘 챙기고 있었네!"

아빠는 덤덤한 얼굴로 천천히 고개를 끄덕였다. 휠체어 바퀴가 다시 문제없이 움직이는 것을 확인하고는 작은언니가 아빠 앞에 무릎을 꿇었다. 기도하듯 두 손을 모아 이마에 대더니 흥분한 목소리로 말했다.

"회장님, 정말 대단하십니다. 존경하옵니다. 어쩌면 당신
은 그리도 천재적이십니까?"

아빠는 호탕하게 껄껄 웃었다. 나는 가슴에 손을 대고 놀
란 심장을 진정시켰다. 작은언니는 들뜬 목소리로 아빠를 칭
송했고, 아빠는 인자한 임금님처럼 웃어 보였다.

실로 오랜만이었다. 지혜로운 해결사다운 아빠의 모습을
본 것이. 한때는 익숙했던 모습이다. 내가 어렸을 때, 어른
서넛이 둘러 모여 바위처럼 무거운 짐을 옮기려 안간힘을 쓰
던 때가 있었다. 무겁고 손으로 잡기도 불편해 제대로 들어
올리지도 못하고 가쁜 숨을 몰아쉬고 있을 때, 아빠가 나타
났다. 아빠는 기대에 찬 사람들의 시선을 한 몸에 받으며 물
건을 이리저리 살피더니 어디론가 갔다. 그러고는 집을 지을
때 쓰는 기다란 목재와 튼튼해 보이는 긴 줄을 가져왔다. 그
줄로 짐과 목재를 칭칭 감아서 단단히 연결했다. 구부리고
앉은 아빠와 어른 한 명이 목재 양끝을 어깨 위에 받쳐 잡고
는 동시에 일어섰다. 짐이 공중으로 들리자 사람들이 "됐다,
됐다!" 하면서 박수를 쳤다. "역시 노 형은 대단해"라는 칭
찬에 아빠는 미소로 답했다. 옆에서 쭉 지켜보던 나는 괜스
레 어깨를 으쓱하고 히죽거렸다.

아빠는 무슨 일이건 더 나은 방법을 찾았고, 모두들 고개를 절레절레 흔드는 일도 끝까지 포기하지 않았다. 그 지혜와 끈기가 해결하지 못한 문제는 없었다.

나는 인생에서 가장 심각한 문제와 마주하고 있다. 아빠의 생명이 걸린 일. 이름조차 생소한 '담도암'을 이겨 내기 위해 밤낮으로 공부하고 방법을 찾았다. 횡단보도 앞에서 기다릴 때도, 양치질하는 동안에도 손에 휴대폰을 들고 하나라도 더 알아봤다. 정보들을 가족에게 공유할 때는 늘 마지막에 이 말을 덧붙였다.

'반드시 잘될 것이니 우리 모두 힘내자고요!'

어쩔 도리가 없다는 병원의 말을 받아들일 수 없었다. 분명히 방법이 있으리라 믿었다. 나는 아빠 딸이니까. 하지만 굳은 의지가 무너지고 온몸의 기운이 빠져나가는 순간도 있었다. 한동안 말도 못 하고 무서움에 떨며 하염없이 눈물만 흘린 적도 있었다. 암을 물리치려 최대한 노력했지만 결국 사망했다는 누군가의 이야기를 들었을 때였다.

이것이 아빠와 나의 차이다. 아빠는 어떤 순간에도 두려워하는 법이 없었다. 담즙 배출관이 휠체어 바퀴에 끼었을 때, 자신의 생명이 위태로울 수 있는 상황에서도 두려워하기는

커녕 누구보다 침착했다. 두 딸이 공포에 떨고 있는 동안 휠체어에 앉아 차분하게 방법을 찾아냈다.

내가 아는 최고의 해결사. 어느새 아빠는 허공 속 친구와 웃으며 대화를 나누고 있었다.

'아빠, 만약에 말이야……. 아빠의 아빠, 그러니까 할아버지가 살아 계시는 동안 암에 걸렸다면 아빠는 어떻게 할 거야? 병원에서조차 손쓸 수 없는 상태라면?'

차마 입 밖으로 내뱉지 못하는 말. 나는 그 말을 마른침과 함께 목구멍으로 삼켜 버렸다. 그리고 최대한 밝게 웃으며 아빠에게 말을 건넸다.

"아빠, 내가 아는 사람 중에 최고로 지혜롭고 강인한 사람이 누군지 알아? 바로 아빠야. 나는 아빠 딸이잖아……. 그럼 어떤 상황에서든 아빠처럼 할 수 있을까? 그럴 수 있겠지?"

아빠가 따뜻하게 미소 지어 보였다. 아빠의 눈빛이 꼭 이렇게 말하는 것 같았다.

'그러엄, 우리 막내. 신화 너는 뭐든 잘할 수 있어.'

。

딸 과 의

정 산

놀 이

나는 어떤 일이건 모든 준비를 끝낸 뒤 아빠에게 통보만
했다. 외식도, 가족 여행도 심지어 이사를 갈 때도. 치매 때
문에 뭐든 상의해 봤자 소용없다고 여겼다. 하지만 내가 틀
렸다. 휠체어에 담즙 배출관이 낀 위험한 상황을 해결한 아
빠의 지혜에 나는 적잖이 놀랐다. 그런 나와는 달리 작은언
니는 당연하다는 반응이었다.

"물론이지. 우리 아빠는 진짜 똑똑해. 어느 정도인지 한번
들어 볼래?"

그렇게 아빠의 행복을 위한 작은언니의 노력을 또 하나 알
게 되었다.

매일 집에서만 지냈던 아빠는 다람쥐 쳇바퀴 돌 듯 반복된 일상을 보냈다. 집 안 끝에서 끝을 걸어 다니고, 허공 속 친구와 대화하거나 침대에 앉아 생각에 잠기다가 잠드는 식이었다.

작은언니는 아빠의 무료한 일상에 활력을 불어넣어 주고 싶었다. 그러다 며칠을 궁리한 끝에 좋은 생각이 떠올랐다.

"아빠, 신임이가 아직 경험이 적어서 그런지 사업하는 게 만만치 않네. 아무래도 사업해 본 사람의 도움을 받아야 할 것 같아."

아빠는 고개를 끄덕이며 누구한테 받을지 물었다. 아빠가 가장 적임자라는 딸의 말에 눈을 동그랗게 뜨고 목소리를 높였다.

"아빠가 그런 걸 어떻게 해? 나보다 잘하는 사람한테 물어야지."

"아니. 내가 본받을 사람 중 최고는 아빠야. 다른 사람들은 아빠보다 레벨이 한참 낮아."

그때부터 작은언니는 틈만 나면 아빠에게 고민 보따리를 풀었다. 깜빡하고 매출액 정산도 안 하고 퇴근해 버렸다는 둥, 계산이 매번 틀리게 나오고, 일주일 치 정산을 한꺼번에

하려니 헷갈린다는 둥. 일부러 허점투성이처럼 행동하며 부족한 모습을 여실히 보여 주었다. 급기야 갓 숫자를 뗀 꼬마가 셈을 하듯 펼친 손가락을 하나씩 접으며 고개를 갸우뚱거렸다.

"이상하다. 만 원이 비어. 돈이 어디로 갔을까? 누가 가져갔나? 내가 과자 사 먹었나? 아님 누구한테 뺏겼나? 어머! 집에 오다가 흘린 거 아니야? 아, 몰라. 몰라!"

딸을 이대로 두어서는 안 되겠다 싶은 마음이 들었는지 마침내 아빠가 마음을 열었다. 앞으로 정산을 함께해 주기로 한 것이다.

다음 날, 작은언니는 퇴근해서 집에 오자마자 겉옷 양쪽 주머니에서 돈을 꺼내 자르르 쏟아 냈다. 아빠는 바닥에 널브러진 지폐와 동전들을 말없이 바라보더니 말했다.

"종이하고 펜 좀 가지고 와라. 주판하고."

아빠가 바닥에 떨어진 돈을 주워 빳빳하게 펴서 정리하는 동안 작은언니는 종이와 펜, 계산기(집에 주판이 없어서), 그날 번 돈의 영수증 뭉치를 들고 왔다. 영수증에는 항목과 금액이 적혀 있었다. 금액 옆의 특이사항이 눈에 띄었다. '점잖은 노신사', '다섯 살 아이를 데려온 엄마', '텔레비전에 나왔

던 교수', '돈은 많지만 외로워 보이는 할머니', '100세 노부
부' 등등……. 아빠는 특이사항을 재미있게 읽었고, "이 분
은 좀 저렴하게 해 드리지 그랬냐?"라며 한마디씩 던지기도
했다. "잘 해 드려라. 항상 친절해라"는 당부도 잊지 않았다.

사실 그것은 작은언니가 치밀하게 꾸며서 만든 영수증이
었다. 바쁜 하루 속에서도 식사 시간까지 줄여 가며 정성껏
만든 것이다. 현금도 5만 원권 지폐부터 10원짜리 동전까지
종류별로 다양하게 준비했다. 고맙게도 아빠는 작은언니의
바람대로 반응했다. 딸과의 정산 시간을 놀이처럼 즐겨 주
었다.

아빠는 종이 상단에 '신임이 장부'라고 썼다. 날짜와 금액
들을 써 내려가며 계산기를 두드렸다.

"자, 오늘 총수익은 이거다. 이제 지출을 적어 보자. 뭐를
샀냐? 쭉 말해 봐."

아빠는 딸이 하루 동안 어디에 돈을 썼는지 풀어 놓는 얘
기들을 꼼꼼히 적었다. 한 줄 한 줄 적어 내려가는 모습이 무
척 진지했다. 한때 야무지게 사업을 했던 모습이 고스란히
담겨 있었다.

"자, 이게 오늘 우리 딸 수익이다. 깡패, 애썼다."

아빠의 말에 작은언니는 무척 기뻤다. 기대 이상의 효과였다. 이 일을 계획했을 때는 그저 새로운 재미 차원으로 여겼는데, 셈을 꾸준히 반복하면 치매도 좋아지지 않을까 하는 기대가 생겼다.

두 사람은 일주일에 두세 번 머리를 맞대고 앉아서 정산 놀이를 했다. 그것은 아빠의 무료함을 달래 주는 것 이상이었다. 실로 오랜만에 느껴 보는 기쁨이었다. 치매 이후 가족 누구도 아빠와 더 이상 상의하지 않으려 했다. 아빠 스스로도 그런 삶에 익숙해지던 어느 날, 딸이 씨익 웃으며 영수증과 현금 뭉치를 들고 와 도와달라고 한 것이다.

나는 작은언니의 얘기를 마냥 웃으며 들을 수만은 없었다. 그동안 내가 상의 한마디 없이 통보만 할 때마다 보여 준 아빠의 모습이 떠올랐기 때문이다. 심지어 결혼식조차 며칠 전에야 알렸는데 아빠는 놀라지도, 화를 내지도 않았다. 그저 덤덤하게 천천히 고개를 끄덕일 뿐. 치매 때문에 아빠가 모든 것을 까맣게 잊은 줄로만 알았다. 한때는 어떤 결정이든 자신이 중심에 있었던 시절조차도.

깃털처럼 가벼워지는 자신의 존재감을 무거운 끄덕임에

날려 보내야만 했던 아빠. 무너져 가는 가장의 자리를 받아들이면서 허전함과 씁쓸함을 달래야만 했을 것이다. 하지만 딸 앞에서는 애써 태연한 척했다. 막내딸의 일방적 통보에 쓰라렸을 아빠의 마음. 그 순간들이 머릿속에 주마등처럼 스쳐 가며 내 마음을 아리게 했다.

3부

붙잡고 싶다,
단 하루만이라도

。

서 툰

사 랑

의사로부터 아빠의 남은 생이 3개월이라는 얘기를 들었던 날, 큰언니에게 전화했다. 목이 메는 걸 참으며 울음 섞인 목소리로 아빠의 상태를 가까스로 전했다. 전화기 너머로 깊은 한숨 소리가 들렸다. 하지만 언니는 울지 않았다.

큰언니는 늘 그랬다. 큰일이 생기면 더 침착해지고, 감성보다 이성이 앞서는 그 모습이 듬직하고 좋았는데⋯⋯. 아빠의 시한부 소식에도 덤덤한 것은 좀 의외였다.

내가 야간 당번을 섰던 다음 날, 병실에 온 큰언니는 막내 동생의 등을 토닥이며 어서 가 쉬라고 했다. 하지만 나는 고개를 저었다. 아빠가 잠에서 깨면 인사하고 가겠다면서. 우리는 보호자 침대에 나란히 앉아 잠든 아빠를 말없이 봤다.

"입원 전에는 몰랐는데, 생각해 보니 아빠가 우리를 참 많이 사랑했고, 딸들을 위해 이것저것 많이 노력했던 것 같아."

내 말을 시작으로 잊고 있던 아빠의 사랑을 깨닫고 아빠와의 따뜻했던 추억을 주거니 받거니 할 줄 알았다.

"그래? 너랑 신임이한테는 그랬을지 모르지. 난 잘 모르겠다. 아빠가 무서웠다는 기억밖에 없어서⋯⋯."

"아빠가 무서웠다고? 난 한 번도 그런 생각을 해 본 적이 없는데. 그리고 내 기억으로는 언니는 혼난 적이 없었던 거 같은데⋯⋯."

"아빠한테 혼날까 봐 미리 말을 잘 들었던 거야. 대든 적도 한 번도 없었지."

짐작은 했지만 언니와 아빠 사이 감정의 골이 이리도 깊었다니. 한편으로는 이해가 갔다. 기억을 더듬어 보면 아빠는 작은언니나 나에게는 늘 웃어 주고 장난도 많이 쳤던 반면 큰언니에게는 유독 단호했다. 물론 자식마다 대하는 태도에는 어느 정도 차이가 있겠지만, 나를 대하던 아빠와 큰언니를 대하던 아빠는 다른 사람이었다. 어쩌면 큰언니가 어릴 적부터 늘 의젓하고, 아이 특유의 엉뚱한 모습도 좀처럼 보이지 않던 것도 아빠의 영향 때문일지 모른다.

마흔 살 큰언니의 기억 속 아빠는 여전히 무서운 사람일까? 언니가 아빠를 측은하게 여겨 줬으면 하는 마음에 지금의 아빠는 많이 약해졌다. 담즙 배출관 추가 시술을 받고 나와서 나를 보자마자 울음을 터뜨렸다. 하며 그때의 상황을 말해 줬다.

"아빠가 우는 모습을 그때 처음 봤어. 우리 아빠가 울다니…… 너무 놀랐고, 가슴 아프더라."

"그랬구나. 난 아빠 우는 모습을 본 적 있는데."

언니의 표정은 여전히 덤덤했다.

"진짜? 언제?"

"내가 예전에 수술받았을 때 있었잖아. 그때 택시 타고 집으로 왔는데 아빠가 아파트 1층 입구에 서 있더라고. 나를 보자마자 절뚝거리면서 걸어오더니 '많이 아프냐?' 하면서 우시더라고."

믿어지지 않았다. 언니에게 그토록 엄했던 아빠가 눈물을 보였다니.

"아빠는 말을 더 못 하고 계속 울기만 했어. 그러다가 눈물을 닦으면서 등을 돌렸지. 우는 모습을 보이기 싫었나 봐.

뒤돌아서 흑흑거렸어."

언니가 해 주는 이야기를 듣는 내내, 당시 아빠의 모습이 어땠을지 상상이 갔다. 아마도 아빠는 큰딸이 퇴원해서 집으로 온다는 전화에 조바심이 났을 것이다. 곧바로 신발을 신고 나가서는 아파트 입구에서 한참을 서성였겠지. 딸이 탄 택시를 발견하곤 한달음에 가고 싶었지만 다리는 마음처럼 움직여 주지 않았을 것이다. 인공 고관절을 이식받은 후로는 달릴 수가 없었으니까. 그래도 욱신거리는 통증을 참으며 절뚝절뚝 뛰어가고도 남았을 아빠다.

열 손가락 깨물어서 안 아픈 손가락이 있을까. 큰딸에 대한 아빠의 사랑은 '서툰 사랑'이었다. 누구나 처음 부모가 되면 서툴기 마련이다. 자식으로 인해 삶은 이전과 180도 달라지고, 자식 덕분에 행복하면서도 걱정이 앞선다. 몸과 마음에는 점점 여유가 없어지고, 어떻게 사랑해야 하는지도 모른 채 부모 역할을 시작한다. 그리고 아이는 하루가 다르게 커간다. 특히 첫째 아이라면 더더욱 바르게 크기를 바라고, 동생들에게 모범이 되면 좋겠다는 마음에 부모는 필요 이상으로 엄하게 대하기도 한다.

아빠는 그렇게 큰딸에게 의젓함을 바랐고, 큰언니는 그에 따르고자 노력했다. 그런 관계 속에서 둘 사이에 애틋한 사랑의 표현이 설 자리가 마땅치 않았다. 하지만 분명한 것이 있다. 아빠에게 큰딸은 늘 소중했다는 것. 부모라는 신비로운 삶을 처음으로 선물해 준 존재였으니까.

"언니는 아빠가 우는 모습 봤을 때 기분이 어땠어?"

"그냥…… 의외였어. 그동안 아빠가 남자는 평생 동안 세 번만 울어야 한다고 말해 왔거든. 태어날 때, 부모님 돌아가실 때, 나라가 망할 때. 그랬던 사람이 우니까 '아빠가 이럴 때도 우네'라고만 생각했지."

눈과 코가 벌게져서 울먹이는 동생을 보고도 큰언니는 여전히 덤덤했다. 언니는 고개를 돌려 잠든 아빠를 가만히 내려다봤다. 잠시 침묵이 흐른 뒤 언니가 말을 이었다.

"지금 생각해 보면 내가 병원에 있던 며칠 동안 아마 아빠는 밤새 한숨도 못 잤을 거야. 몸이 아프니 병원에 오지는 못하고, 혼자서 많이 끙끙거렸겠지."

아빠를 향해 시선을 돌린 큰언니의 모습을 말없이 바라봤다. 보지 않아도 알 수 있었다. 언니의 눈가가 촉촉이 젖어 있다는 것을. 그 모습을 동생에게 들키지 않으려 하는 것 같왔다. 예전에 아빠가 큰언니에게 그랬던 것처럼.

집으로 가는 길에 엄마에게 전화를 걸었다.

"엄마, 신희 언니가 아기였을 때 아빠가 예뻐했어?"

"당연하지, 큰딸인데……. 갑자기 그건 왜 묻는데?"

"그냥 궁금해서. 어떻게 예뻐했는데? 막 안아 주고 뽀뽀하고 그랬어?"

"일 끝나고 돌아오면, 누워 있는 신희를 보고 했었지."

옹달샘처럼 맑은 딸의 눈망울에 눈을 맞췄을 아빠의 모습을 상상해 봤다. 조심스럽게 다가가자 손발을 저어 대며 놀던 것도 멈추고 자신을 뚫어져라 쳐다봐 주는 딸. 딸의 까르륵거리는 맑은 웃음소리는 아빠의 가슴을 행복으로 가득 채웠겠지. 그 순간만큼은 세상에서 가장 행복한 사람이었을 것이다.

때로는 서툴러서 더 아름답고 따뜻한 사랑이 있다. 큰언니를 향한 아빠의 사랑이 그랬다. 분명 아빠는 언니를 사랑했다. 그것도 아주 많이.

。

슬 픈
결 혼 식

"신부 입장!"

사회자의 힘 있는 외침에 하객들이 기다렸단 듯 박수와 환호를 보냈다. 백합같이 희고 화사한 드레스를 입고선 수줍은 미소를 짓는 내 모습에 사람들이 함박웃음을 짓는다. 아빠는 내 손을 잡은 채 저 멀리 사위가 서 있는 곳을 응시했다. 나와 걸음을 맞춰 한 발 한 발 나아가던 아빠가 갑자기 멈춰 섰다. 고개를 돌리더니 허공을 바라보며 눈을 껌뻑거린다. 그 모습에 사람들이 박수를 멈추고 웅성이기 시작했다.

"아무래도 아버님이 많이 긴장하셨나 보네요. 다시 한 번 큰 박수 부탁드립니다."

사회자의 재치에 아까보다 더 큰 환호와 박수갈채가 쏟아졌다. 모두의 시선이 자신에게 쏟아졌을 때, 갑자기 아빠가 무어라 말하기 시작했다. 고갯짓까지 하며 열심히 얘기했지만 누구도 알아듣지 못했다. 허공에 대고 읊조리듯 했으니까. 급기야 내 손까지 놓고는 허공 속 누군가에게 삿대질을 해 댔다. 손사래를 치기도 했다가 붉으락푸르락한 얼굴로 화를 내더니 돌연 껄껄 웃었다.

도무지 종잡을 수 없는 모습에 사람들은 하객이 아니라 구경꾼이 된 듯했다. 재밌는 구경거리라도 생긴 것처럼 호기심 가득한 표정을 한 사람들이 자리에서 일어나 모여들었다. 얼굴이 잿빛이 된 나는 허공을 휘젓는 아빠의 손을 붙잡으려 했다. 하지만 몸이 굳어 버린 듯 꼼짝할 수가 없었다. 아빠를 부르려 했지만 목소리도 나오지 않았다. 애타게 입만 벙긋거리고 있는데, 아빠가 혼자서 뚜벅 뚜벅 앞으로 걸어 나가기 시작했다. 쫓아가려 했지만 발이 떨어지지 않았다. 웅성거리는 소리가 더욱 커졌다. 멀어져 가는 아빠의 뒷모습을 향해 있는 힘을 다해 소리쳤다.

"아빠!"

그 소리에 놀라 눈을 떴다. 엄마가 놀란 얼굴로 내 방으로 뛰어와서는 무슨 일인지 물었다. 멍하니 엄마를 바라보았다. 긴장한 탓에 어깨와 목덜미가 뻐근했다. 결혼식이 일주일도 남지 않았는데 마음에 걸리는 일로 악몽까지 꾼 것이다. 엄마에게 고민을 털어놨다. 아빠와 함께 신부 입장을 해야 하는지…… 치매 때문에 뭔가에 집중하는 시간이 길지 않은 아빠다. 밥을 먹다가도, 가족들과 대화를 하다가도 순식간에 허공 속 친구와 대화하기 시작한다. 신부 입장 때도 그러지 말라는 법은 없다. 엄마는 나를 이해한다며 잘 생각해 보고 결정하라고 했다. 내 의견을 따르겠다고.

고민 끝에 신랑, 신부가 함께 입장하기로 했다. 그래도 마음을 놓을 수 없었다. 아빠가 혼주석에 앉아 있는 동안 집중력을 잃고 치매의 세계로 빠져들까 염려됐다. 결혼식 전날에는 가족들에게 아빠를 잘 지켜봐 달라고 신신당부를 했다. 그러나 우려했던 일은 일어나지 않았다. 아빠는 예식장에 있는 동안 치매 모습을 보이지 않았다. 비록 무표정으로 입을 굳게 다물고 있었지만, 그것으로 충분했다. 가족들은 아빠에게 웃어 보라고 하지 않았다. 얌전히 자리를 지켜 주는 것만도 다행인데 더 바라면 욕심이었다. 결혼식이 끝난 뒤 우리는 밝은 얼굴로 한마디씩 했다. 아빠의 모습이 신기했다며.

결혼한 지 5년이 지난 지금에야 그날 아빠의 행동을 되짚어 봤다. 아빠에게 말기 암이 찾아온 후에야 말이다. 아빠는 예식장에 도착한 오전 9시부터 늦은 오후에 집으로 돌아갈 때까지 내내 흐트러지지 않았다. 치매가 있더라도 집중력이 항상 짧은 것은 아니었다. 자식의 결혼과 같은, 삶의 중요한 순간만큼은 아무리 긴 시간이라도 온전한 정신을 지킬 수 있었던 것이다. 그날 아빠의 행동이 더 이상 신기하지 않았다. 오히려 치매에 대한 나의 오해를 깨달았다. 이를 진작에 알았더라면⋯⋯.

사실 나는 그때, 신랑과 입장할 것이라고 아빠에게 미리 양해를 구하지 않았다. 하루 중 대부분을 치매에 빠진 상태로 지내는 사람에게 얘기해 봤자 무슨 소용인가 싶었다. 신부 입장 때 아빠는 혼주석에서 입을 굳게 다물고 우두커니 나를 바라봤다. 곱게 화장을 하고 웨딩드레스를 입은 막내딸의 모습에도 한 번을 웃지 않았다. 자신이 있어야 할 자리에 사위가 서 있어서 얼마나 의아했을까?

나는 아빠의 마음은 신경도 쓰지 않았다. 그때의 하객들은 지금도 얘기한다. 그렇게 활짝 웃는 신부는 처음 봤다고. 주례 선생님의 안내에 따라 친정 부모에게 인사할 때면 대개 감정이 복받쳐서 눈물까지 흘린다지만, 나는 그 순간에도 "잘 살게!"라면서 씽긋 웃어 보였다. 아빠는 그런 나를 웃음기 없는 표정으로 쳐다보기만 했다.

가끔 결혼식 사진을 볼 때마다 '그냥 아빠와 입장할걸 그랬나?'라고 생각하곤 했다. 때때로 미안해지기도 했지만 사과한 적은 없었다. 며칠 동안 물을 주지 않아서 시들어 버린 화초에게조차 미안하다고 하는 나인데 말이다. 누군가 나로 인해 상처받는 일에는 예민했지만, 이상하게 아빠에게만큼은 무뎠다. 잘못을 저지르고도 사과하는 일이 없었다. 참 많이 늦었지만 이제라도 제대로 사과하기로 했다.

"아빠."

"응?"

"신화 결혼식 때 아빠 손을 잡고 입장하지 않아서 서운했지? 그때는 정말 미안했어."

아빠는 "괜찮아" 하더니 고개를 떨궜다. 어깨를 힘없이 늘어뜨린 채 고개 숙인 모습. 그 모습을 보자 기억의 필름이 빠르게 되감겨 신부 입장을 하던 순간에서 멈췄다.

혼주석에 앉은 아빠가 물끄러미 한곳을 응시하고 있다. 웃으며 입장하는 막내딸을 바라보다가 고개를 푹 숙인다. 양

손을 모아 깍지를 낀 탓에 어깨가 더욱 처져 보이는 아빠. 힘이 없다 못해 서글프기까지 한 모습이다. 어떤 일에도 기죽지 않던 특유의 당당함은 사라져 버렸다. 다시 고개를 들어 점점 가까워지는 막내딸을 잠시 바라보더니 이내 무릎으로 시선을 다시 내린다. 아무래도 내가 아빠를 창피해한다는 걸 눈치챈 모양이다.

언젠가 아빠가 집에 오자마자 세상을 다 가진 사람처럼 행복해하며 말한 적이 있다.

"내가 수도관 공사 현장에 있는데, 깡패 이 녀석이 나를 발견하고는 '아빠다!' 하면서 달려와 아는 체 하더라고. 먼지를 뒤집어써서 몰골이 말이 아니었는데, 자기 친구들한테 인사까지 시켰어."

돌이켜 보니 가장으로서 아빠의 속마음을 여과 없이 보여 주는 말이었다. 내 기억 속에 아빠는 늘 당당한 모습을 보이려 했다. 하지만 그것은 마음 한구석에 늘 자리한 자신의 초라함을 들키지 않으려던 노력이었다. 만약 작은언니가 공사장에서 외면했어도 아빠는 이해했을 것이다. 자신을 떳떳해하지 않는 딸을 혼내기는커녕 아빠가 먼저 몸을 돌려 숨었을지도……. 그날, 내 결혼식 때도 아빠는 또다시 자신의 초라함을 느꼈을 테지. 딸의 결혼식에 어떤 도움도 주지 못했다는 미안함에 마음이 무거웠을 것이다. 하지만 그건 어디까지나 내 잘못이었다. 결혼을 준비하는 동안 아빠와 상의를 하거나 어떻게 되어 가는지 얘기한 적이 없었으니까. 상견례조차도 양가 어머니만 모시고 조촐하게 치렀다. 치매를 핑계삼아 그렇게 아빠를 꽁꽁 숨겼다. 생각할수록 부끄러웠다. 아빠에게 돌이킬 수 없는 상처를 주고서도 온종일 입이 귀에 걸려 있던 내가. 아, 시간을 되돌릴 수만 있다면…….

5년이 지나서야 건네는 딸의 사과에도 아빠는 말없이 고개만 숙였다.

"아빠, 나 좀 봐 봐. 그거 알아?"

아빠가 고개를 들어 나를 봤다. 기운 없이 풀이 죽은 눈빛으로. 나는 씩씩하게 아빠에게 말했다.

"신화는 아빠 딸이라서, 정말 정말 자랑스럽고 행복해."

아빠가 부드러운 미소로 화답했다. 뭔가를 더 말하고 싶었지만 그냥 관두기로 했다. 대신 아빠를 따라 했다. 미소 짓고, 고개를 끄덕이고.

낯선 사람의
인사

공원을 걷고 있는 아빠를 사람들이 힐긋거렸다. 소풍 나온 아이처럼 신난 노인. 당신 눈에만 보이는 허공 속 친구와 쉴 새 없이 대화하며 껄껄거렸다. 얼마나 재미있기에 웃느라 숨조차 못 쉴 정도일까. 작은언니와 나는 아빠로부터 몇 발짝 떨어진 곳에 서서 미소를 짓고 있었다. 다른 사람의 눈에는 그저 환자복을 입고 있는, 치매 걸린 노인으로만 보일지 몰라도 우리의 눈에는 소중한 보석이기에.

병실로 돌아갈 시간이 될 즈음 우리는 아빠에게 다가가 양 옆에서 팔짱을 꼈다.

"우리 아빠가 기분이 엄청 좋은가 보다. 오랫동안 걸었는데 지치지도 않나 봐."

"그러게. 아빠, 우리 저기에 가서 좀 쉰 다음에 들어가자."

아빠는 흐뭇하게 웃으며 왼쪽, 오른쪽을 한 번씩 쳐다본다. 단풍잎 같은 손으로 양쪽에서 손 하나씩을 잡았던 딸들. 어느덧 슬쩍 고개를 돌리기만 해도 눈을 맞출 수 있을 만큼 자랐다. 자신의 팔을 단단히 감싸 쥔 딸들과 어깨를 나란히 하고 걷는 것이 든든해서일까. 아빠의 발걸음이 여느 때보다 힘찼다.

한낮 동안 뜨거운 열기에 달궈진 땅 위로 노을이 부드럽게 내려앉았다. 하늘에서부터 점점 번져 나간 노을은 건물과 나무를 아름다운 붉은빛으로 물들였다. 이른 아침부터 애타게 짝을 부르던 매미는 지친 기색도 없이 울어 댔다. 우리는 나란히 앉아 한여름의 초저녁 풍경과 소리를 감상했다. 사랑이란 테두리로 묶인 가족과 함께 같은 곳을 바라볼 수 있다는 게 얼마나 감사하고 행복한 일인가. 갑자기 코끝이 시큰거렸다. 행복한 이 시간이 영원하지 않다는 것을 잘 알기 때문이었다. 부디 그 끝이 너무 빨리 오지 않았으면……. 잠시 이대로 시간이 멈췄으면 했다.

어느덧 나도 작은언니처럼 아빠를 행복하게 만드는 방법

을 고민하는 것이 일상이 되었다. 함께하는 동안 많이 웃게 해 드리고 싶었다. 성큼성큼 걸어서 두 사람으로부터   2미터 정도 떨어진 자리에 섰다. 휴대폰으로 동영상 촬영 버튼을 누르고 외쳤다.

"어르신, 여기 좀 보세요. 안녕하세요."

아빠는 손을 들어 흔들었다 내려놓는 것으로 인사를 대신했다.

"성함이 어떻게 되세요?"

"노영현."

"연세는요?"

"서른."

"아하, 작년에 스물아홉이었군요. 옆에 있는 사람은 누구예요?"

"깡패."

"두 분 관계가 어떻게 되죠?"

"깡패가 내 딸."

"아하, 부녀지간이군요. 따님은 나이가 어떻게 되나요?"

"몰라."

아빠는 갑작스런 인터뷰에도 웃음을 가득 머금고 답해 주었다. 이게 바로 우리가 말기 암과 싸우면서도 웃을 수 있는 이유다. 그 아빠에 그 딸이니까.

"그런데 어르신, 너무 잘생기셨네요. 미남 대회 나가셔도 되겠어요. 대통령 선거에도 나가신다면서요? 자, 연설 한번 해 보시겠어요? '친애하는 국민 여러분' 해 보세요."

아빠가 하회탈 같은 얼굴로 대통령 연설을 마치자 언니와 나는 함성을 치며 박수를 쳤다. 딸들의 칭찬에 아빠는 껄껄 웃느라 입을 다물지 못했다. 아빠 입에서 떨어진 굵은 침 한 줄기 덕분에 우리 셋은 공원이 떠나갈 듯 웃음을 터뜨렸다.

산책을 마치고 병실로 돌아오다 문득 뒤를 돌아봤다. 공원 의자에 앉아 있던 한 남자와 눈이 마주쳤다. 그가 내게 목례를 했다. 엉겁결에 나도 고개를 꾸벅하고는 눈을 동그랗게 뜨며 '저한테 인사한 것이 맞나요?'라는 신호를 보냈다. 그는 엷은 미소를 짓더니 고개를 끄덕였다.

병실로 가는 동안 고개를 갸웃거렸다. 30대 중후반 정도 돼 보이는 남자. 아무리 기억을 더듬어 봐도 모르는 사람이 분명했다. 그는 왜 내게 인사를 한 걸까? 우리를 계속 지켜본 것일까? 답을 알 수 없는 질문들만 머릿속에 맴돌았다.

하지만 낯선 그의 인사가 왠지 고마웠다. 정중한 인사가 오간 짧은 순간을 떠올리며 마음속에 따뜻함이 채워지는 것을 느꼈다. 그의 눈빛에는 우리 부녀에 대한 격려가 담겨 있는 것 같았다.

어쩌면 그는 우리 부녀를 보며 자신의 아버지를 떠올렸을지도 모른다. 얼굴도 모르는 그 어르신이 오랫동안 건강하시기를, 그 가정에 행복이 가득하기를 조용히 빌었다.

。

불 효 자 는

웁 니 다

병실 환자 모두가 낮잠에 든 나른한 오후. 하지만 아빠는 가만히 창밖을 바라보며 무료함을 달래고 있었다. 아빠를 웃게 하려면 어떻게 해야 할지 고민해 봤지만 한숨만 나왔다. 딱히 떠오르는 것이 없었다. 시집가기 전, 29년 동안을 한 집에서 살았으면서도 아빠에 대해서 아는 게 이토록 없다니.

"아빠, 아빠는 무슨 노래를 좋아해?"

"비 내리는 고모령."

"비 내리는 고모령? 또?"

"불효자는 웁니다."

내게는 낯설지만 아빠가 잠시의 망설임도 없이 답한 두 곡이 궁금했다. 곧바로 가방에서 휴대폰을 꺼내 노래 제목을 검색했다. 그리고 꼬여 있는 이어폰 줄을 풀어 한쪽은 내 귀에, 다른 한쪽은 아빠의 귀에 꽂았다. 이윽고 '비 내리는 고모령'의 전주가 들리자 아빠는 천진난만한 아이처럼 씨익 웃어 보였다. 그 순수한 모습을 보니 절로 미소가 지어졌다. 언제 봐도 좋은 그 웃는 얼굴. 하지만 얼마 지나지 않아 아빠는 웃음을 거두고 가만히 생각에 잠겼다.

어머님의 손을 놓고 돌아설 때엔
부엉새도 울었다오 나도 울었소
가랑잎이 휘날리는 산마루턱을 넘어오던
그날 밤이 그리웁고나

아빠는 젊은 시절 무일푼으로 고향에서 서울로 떠났다. 그날, 할머니의 거칠어진 손을 잡고 다짐했다. 꼭 성공해서 행복하게 해드리겠노라고. 눈물을 머금고 안타까워하는 할머니에게 미소 띤 얼굴을 보이며 뒤돌아섰다. 한 발 한 발 걸음을 떼며 목구멍까지 차 올라온 울음을 삼켰다. 그 후 고된 나날 속에서도 자신은 잘 지낸다며 할머니를 안심시켰던 착한 우리 아빠.

아빠는 상경 이후 말처럼 꿈을 이루지는 못했지만 할머니를 자주 초대했다. 다섯 식구가 지내는 단칸방은 할머니께서 오시면 밤마다 시끌벅적했다. 언니들과 나는 서로 할머니 옆에서 자겠다며 자리다툼을 벌였다.

"애미야, 나는 너희 집이 참 편하다."

할머니께서 엄마에게 늘 하셨던 말씀이다. 8남매 중 가장 가난했던 일곱 번째 아들 내외의 미안함을 보듬어 주는 배려였다. 할머니는 좁은 공간에서 몸은 불편했을지 몰라도 마음만은 넉넉한 행복으로 채우고 가시곤 했다.

아빠는 할머니를 극진히 모셨다. 한번은 할머니께서 일주일 정도 계시다가 고향으로 가실 때, 비행기를 태워 드렸다. 그 시절 비행기는 서민들에게는 낯선 것이었고, 그 비용이 우리 형편에는 상당히 부담스러웠다. 특별한 일이 있었던 것이 아니다. 아빠가 꼭 해 드리고 싶었던 일 중 하나였을 뿐이다. 그러면서도 늘 미안해했다. 해 드리고 싶은 것은 많은데 그러지 못함을 아쉬워하면서.

'비 내리는 고모령'을 들으며 생각에 잠겨 있던 아빠의 얼굴이 '불효자는 웁니다'가 나오자 급격히 어두워졌다.

불러 봐도 울어 봐도 못 오실 어머님을

원통해 불러 보고 땅을 치며 통곡한들

다시 못 올 어머니여 불초한 이 자식은

생전에 지은 죄를 엎드려 빕니다

그러고 보니 아빠는 술 한 잔 걸치는 날이면 늘 '해 뜰 날'을 불렀지만 언제부턴가 술자리의 마무리를 이 노래로 하곤 했다. 아마 할머니께서 돌아가신 후부터였던 것 같다. 아빠가 집에서 '불효자는 웁니다'를 처음으로 부르던 날의 모습이 생각났다. 혼자서 김치를 안주 삼아 막걸리를 마시던 때였다. 아빠는 몇 잔 들이켜고 난 뒤 눈을 감고 나지막이 노래를 부르기 시작했다. 그러다 점점 목소리가 커지더니 울음을 참는 듯 목이 멘 소리가 나왔다. 마지막 소절을 부를 즈음에는 고개를 푹 숙인 채 힘없이 노래를 마쳤고, 잠시 그대로 있다가 크게 한숨을 쉰 뒤 다시 술잔을 비웠다. 당시 어린아이였던 나는 그 모습을 숨죽이고 보았다. 언제나 기분 좋게 막걸리를 마시는 것만 봤던 터라 그런 아빠가 낯설게만 느껴졌다. 구슬픈 노래를 부르던 아빠의 눈가가 촉촉하게 젖어 있던 것이 왜 이제야 보이는 걸까.

내가 일곱 살이었을 때, 아빠와 광주 큰아버지 댁에 간 적이 있다. 우리는 버스를 타고 밤중에 도착했다. 동네는 어둠이 모든 소리를 삼켜 버린 듯 조용했다. 낯선 이들을 경계하는 개 짖는 소리가 어느 집 담 너머로 들려 왔다. 아빠 손을 꼭 잡고 걷던 나는 그 소리에 아빠 팔을 더욱 꽉 붙들고 아빠 뒤로 작은 몸을 숨겼다. 큰어머니가 먼 길 오느라 수고했다며 맞아 주셨다. 집 안은 조용했다. 안내를 받으며 방에 들어갔더니 사람들이 둘러앉아 있었다. 몇몇이 일어나서 자리를 비켜 주자 커다란 쿠션에 기대앉아 숨을 쌕쌕거리고 계신 할머니가 보였다. 우리를 봐도 웃지 않고 힘겨워 보이기만 했다. 아빠와 나는 조심스럽게 그 곁에 다가가 앉았다.

"어머니, 영현이 왔습니다."

아들의 인사에 할머니는 힘겹게 고개를 한 번 끄덕이셨다. 큰아버지가 할머니의 배를 덮고 있던 담요를 걷어 내고 옷을 접어 올렸다. 뼈만 앙상하게 남은 배 이곳저곳에 아이 주먹만 한 것들이 볼록 튀어나와 있었다. 당시에는 어려서 무엇인지 몰랐지만 그건 암 덩어리였다.

아빠는 입을 굳게 다문 채 할머니의 배에 한참 동안 시선을 고정했다. 무거운 공기가 가득한 그 방에서 유일한 아이였던 나는 무릎을 꿇고 얌전히 앉아 있었다. 다리가 저려 왔지만 손톱으로 엄지발가락을 꾹꾹 누르며 참았다. 왠지 그래야 할 것 같았다. 방을 나와서 아빠와 둘만 남게 되었을 때, 니는 조심스럽게 물었다.

"아빠, 할머니 어디 아파?"

"응."

"어디가 아픈데?"

"……."

내가 물으면 언제나 친절하게 설명해 주던 아빠였는데, 그날따라 아무 말도 안 하는 것이 좀 이상했다. 하지만 더 이상 묻지 않았다. 우리는 다음 날 서울로 올라왔고, 며칠 뒤 할머니는 돌아가셨다.

그때는 전혀 몰랐지만 큰아버지 댁에 갔던 날, 아빠의 마음을 이제 조금은 알 것 같았다. 아빠의 입원 이후, 나는 매일 곁에서 함께하고 싶은 마음이 컸다. 하지만 회사 때문에 쉬는 날밖에 볼 수 없어 늘 안타까웠다. 하루에도 여러 번 전화를 걸어 목소리를 듣거나 엄마에게 아빠의 상태를 묻는 것으로 대신하곤 했다. 아빠를 살리기 위해 할 수 있는 것은 뭐든 하려 했기 때문이다.

하지만 아빠는 아픈 할머니를 위해 아무것도 할 수 없었다. 먼 곳에 산다는 이유로, 여유가 없다는 이유로 자주 뵙지 못했는데…… 그동안 지켜 드리지 못하고, 잘 해 드리지 못한 것에 대한 죄송함에 아빠의 가슴이 저미어 왔을 것이다. 얼마 남지 않은 시간만이라도 곁에서 지켜 드리고 싶은 마음이 간절했지만 가장의 책임은 아빠를 다시 서울로 이끌었다. 아픈 모친과 점점 멀어져 가는 차 안에서 자신의 어깨에 기댄 채 잠든 어린 자식을 챙기던 아빠의 심정은 어땠을까?

할머니를 향한 안쓰러움과 죄송함이 아마도 아빠의 가슴을 먹먹하게 했나 보다. 어느덧 '불효자는 웁니다'가 끝나고 언제나 아빠에게 힘을 주던 '해 뜰 날'의 경쾌한 멜로디가 들려오는데도 아빠는 여전히 어두운 표정이었다. 그 마음을 조금이나마 이해하면서 지금까지 한 번도 못 했던 위로를 살며시 건네 봤다.

"아빠, 예전에 할머니 모시고 비행기 타러 갔던 거 기억나?"

아빠는 말없이 고개를 끄덕였다.

"그때 할머니는 정말 행복하셨을 것 같아. 그 시절에 말로만 듣던 비행기를 타셨으니까. 우리 아빠는 정말 효자였어,

큰 효자."

아빠는 알 수 없는 엷은 미소를 지었다. 아빠의 효심을 더 칭송하려다가 더 이상 말을 잇지 못했다. 왠지 위로는 그쯤에서 넘추는 것이 좋을 듯 싶었다.

。

아 빠 를   설 득 하 는
가 장   쉽 고
확 실 한   방 법

　아빠는 입원하고 며칠이 지나면서부터 병실에 들어선 내게 간절한 눈빛을 보냈다. "어 그래. 왔냐?"라는 짧은 인사를 하자마자 언제 퇴원하는지부터 물었다. 애잔한 그 모습에도 일부러 명랑하게 답했다. 얼굴이 노래진 것만 괜찮아지면 바로 집에 갈 거라고.

　아빠는 침대가 무너질 듯 한숨을 쉬고, 고개를 돌려 창밖을 바라봤다. 아무래도 믿지 않는 눈치였다. 입술을 굳게 다문 채 답답함을 홀로 삭이는 그 모습을 지켜보고 있자니 안쓰러웠다. 당장 퇴원하겠다고 화라도 내면 차라리 마음이나 편하련만……

아빠는 마음이 힘들어질수록 화살을 엄마에게 돌렸다. 자신을 입원시킨 장본인이라면서 엄마를 원망했다. 자식들에게는 따뜻한 봄이었지만 매일 곁에서 간병해 주는 아내에게는 한겨울 서릿발처럼 차가운 남편이었다. 엄마는 아빠 앞에서 애써 참다가도 가끔은 내게 울분을 터뜨렸다. 내가 할 수 있는 일은 엄마의 얘기를 들어 주는 것뿐이었다. 속에 담아 두지 않고 그렇게라도 표출하는 것을 다행스러워하면서.

매일 출근길에 엄마에게 전화를 했다. 혹시나 하는 기대를 안고 아빠의 안부를 묻지만 좋은 소식은 들리지 않았다. 그나마 어제와 다를 바 없다는 말이 위안이었다. 그러던 어느 날, 엄마가 걱정스레 말했다.

"어쩌냐? 네 아빠가 어제 하루 종일 음식을 거의 안 드셨어. 아무리 설득해도 안 먹겠다면서 입을 꽉 다물고만 있네."

"음…… 일단 방법을 찾아볼게. 너무 걱정하지 말고."

애써 덤덤한 척하며 전화를 끊었다. 아빠가 왜 그런 것일까? 퇴원하지 못한 불만의 표출인 듯했다. 고민 끝에 암 환자를 위한 맛 좋은 영양식을 찾아봤다. 병원 음식은 있던 식욕도 떨어지게 할 만큼 맛이 없다고들 하니까.

"엄마, 힘들겠지만 아빠가 좋아하는 토마토로 간단한 요리를 해서 드려 보면 어떨까? 찾아봤더니 토마토를 올리브유에 달달 볶으면 맛도 좋고 영양도 좋다더라고. 거기에 두부도 좀 으깨서 같이 볶으면 좋겠는데."

"어, 무슨 말인지 알겠다. 할 수 있어. 내일 집에서 해 와야겠다."

계속되는 간병과 아빠의 차가운 태도에 지쳤을 텐데도 흔쾌히 들어주는 엄마가 고맙고 든든했다. 다음 날은 마침 주말이라 서둘러 병원에 갔다. 익숙한 목소리가 병실 문 밖까지 울렸다.

"자, 이거 먹자. 입 벌려 봐. 아아."

"안 먹어!"

"이거 먹어야 얼른 기운 차리고 퇴원하지!"

"안 먹어!"

"하아…… 진짜 큰일이다, 큰일."

엄마는 숟가락을 내려놓으며 땅이 꺼질 듯 한숨을 쉬었다. 입을 굳게 다문 아빠는 성난 황소처럼 콧바람을 연신 내뿜으며 허공을 향해 고개를 흔들었다. 두 사람 사이에 내가 말했던 음식이 놓여 있었다.

아빠의 체중이 나날이 줄어들고 있었다. 암은 면역력과의 싸움인데 음식을 먹지 않으면 이겨 낼 수가 없다. 어떻게든 드시게 해야 했다. 재빨리 아빠 옆으로 다가섰다. 아빠는 어깨까지 들썩이며 화를 삭이느라 막내딸이 온 것도 알아차리지 못하고 있다. 단단히 빗장을 걸어 잠근 듯 굳게 다문 그 입으로 어떤 음식도 들여보내지 않을 기세였다. 뭐든 해 봐야겠다 싶어 어리광 섞인 목소리로 말을 걸었다.

"아빠야, 신화가 아직 밥을 안 먹었는데…… 난 혼자 밥 먹는 거 너무 싫거든. 나랑 같이 먹어 줄 수 있어?"

아빠는 고개를 돌려 나를 보자마자 눈을 크게 떴다. 방금 전까지 얼굴에 가득했던 분노를 순식간에 거뒀다.

"어? 그러냐?"

그 짧은 두 마디 말에 끼니를 거른 딸에 대한 걱정이 진하게 묻어났다. 아빠는 곧바로 고개를 끄덕이며 말했다.

"그래, 아빠랑 같이 먹자."

티는 안 냈지만 그 반응에 적잖이 놀랐다. 솔직히 그날은 아무래도 식사를 드리는 것이 어려우리라 생각했다. 그런데 급한 마음에 내뱉은 말이 아빠의 마음을 쉽게 움직인 것이다. 그동안 너무도 익숙해서 미처 깨닫지 못했던 사실을 깨달았다. 아빠가 자식을 위한 일에는 마다함이 없다는 것을.

우리는 음식을 사이에 두고 마주 앉았다. 아빠는 숟가락을 내게 내밀고 당신은 젓가락을 들었다. 젓가락으로 먹기에는 불편한 음식인데…… 숟가락으로 드시라고 해도 마다하고, 배고플 테니 어서 먹으라고 할 뿐이었다. 그런 아빠를 물끄러미 바라봤다. 아빠 삶에 본인이 먼저였던 때가 있기는 했을까? 그동안 일방적인 외사랑을 생각 없이 누리기만 했던 나의 모자람에 가슴이 시큰거려 왔다.

"아빠, 신화는 왠지 숟가락은 불편하더라고. 뭐든 젓가락으로 먹는 게 훨씬 좋아. 내가 젓가락 쓰면 안 될까?"

말이 끝나자마자 아빠가 "그래" 하며 선뜻 젓가락을 건네주었다.

"음, 정말 맛있다. 아빠랑 같이 먹으니까 더 맛있는 거 같아. 엄마 솜씨도 참 좋다."

사실 나는 밥을 먹은 지 얼마 안 됐지만 배고픈 사람처럼 먹었다. 몇 번 씹지 않아도 될 만큼 부드러운 음식인데, 삼킬 때마다 목구멍이 쓰라렸다.

"배고팠지? 많이 먹어라."

아빠는 자신의 음식을 떠서 내 그릇에 더 올렸다. 고개를 숙인 채 아빠가 준 음식에 시선을 고정했다. 눈시울이 뜨거워졌다. 재빨리 음식을 떠서 입에 넣고 외쳤다.

"음, 맛있다!"

겨우 울음을 삼키고 나서 고개를 들었다. 맛있게 먹는 딸을 보며 아빠가 흐뭇하게 웃고 있다. 나는 재빨리 고개를 떨구고 아까보다 더 크게 대답했다.

"음, 정말 맛있다!"

。

생 애   최 고 의
드 라 이 브

병실 밖에서 대여섯 살쯤으로 보이는 꼬마 숙녀의 목소리가 들려왔다. 천진난만한 웃음소리가 무거운 암 병동의 공기 위를 명랑하게 날아다녔다. 나를 비롯한 병실 안의 사람들은 그 앙증맞은 소리에 흐뭇한 미소를 지었다.

아빠도 오랜만에 들리는 맑은 소리가 듣기 좋았는지 복도 쪽으로 시선을 돌렸다. 나는 매일 똑같은 병실 소리가 지루할 아빠에게 바깥세상의 소리를 들려주고 싶어 창문을 열었다. 하지만 한여름의 뜨거운 열기를 타고 자동차의 시끄러운 경적만이 병실로 날아들었다. 상쾌한 자연의 소리를 들려주고 싶었는데 소음이라니.

잠시 후 부르릉 오토바이 소리가 들렸다. 자동차 경적 소리에는 별 반응이 없던 아빠가 이번에는 창문 쪽으로 고개를 휙 돌렸다. 왜 그런지 나는 잘 알고 있었다. 가장으로서 왕성하게 활동했던 시절 아빠는 오토바이를 탔다. 창밖으로 들려오는 꼬마 숙녀의 웃음소리와 오토바이는 아빠와 나를 추억 속 그때로 살며시 데려다줬다.

어린 시절 나는 아빠에게 뜬금없는 요청을 하곤 했다. 턱에 난 짧은 수염 한 가닥을 손톱으로 뽑아 봐도 되는지, 마른 몸에 안 어울리게 볼록 튀어나온 아빠 배를 두드려 봐도 되는지, 막걸리를 살짝 맛봐도 되는지 같은 것들이다. 그럴 때마다 아빠의 얼굴에는 언제나 웃음꽃이 폈다. 진지한 표정으로 엉뚱한 요구들을 해 대는 막내딸의 모습이 아빠에게는 마냥 귀여웠나 보다.

한여름의 열기가 땅 밑으로 내려앉은 어느 늦은 오후였다. 그날도 나의 엉뚱함이 갑작스럽게 발동했다.

"아빠, 나 오토바이 한번 태워 줄 수 있어?"

그동안 오토바이를 타고 일을 나가는 아빠를 유심히 봐 왔던 나다. 일 가기 전에 아빠는 무거운 장비들을 뒷자리에 단단히 고정시킨 뒤 오토바이에 올라탔다. 양손으로 핸들을 잡고 발을 천천히 뒤로 디디면서 가야 할 방향을 향해 오토바이를 돌렸다. 마침내 시동이 걸리고 "다녀올게"라는 아빠의 말이 끝나자마자 오토바이는 부르릉 소리를 내며 출발했다. 아빠의 뒷모습이 시야에서 사라질 때까지 쭉 지켜보던 나는 오토바이를 타면 어떤 느낌일지 늘 궁금했다.

어떤 요구든지 들어줬던 아빠가 오토바이 얘기에는 잠시 주저했다. 말없이 내 눈을 보더니 이윽고 결심이 선 듯 고개를 끄덕였다. 옆에 있던 작은언니가 "나도, 나도!" 하며 따라나섰다. 아빠는 오토바이 뒷좌석에 있는 나무판자를 깨끗이 닦고는 날카로운 모서리가 있는지 구석구석을 점검했다. 늘 차가운 연장들만 태우던 그 자리에 꼬마 숙녀들을 태울 준비가 모두 끝났다.

오토바이에 올라타기만 했는데도 작은언니와 나는 히죽거렸다. 익숙한 부르릉 소리와 함께 드디어 출발하자 우리는 요란하게 까르륵거렸다. 오토바이 진동이 엉덩이와 다리를 간질거렸다. 입을 벌리고 "아~" 소리를 내면 염소 소리가 나왔다. 뒷좌석의 꼬마 숙녀들은 약속이라도 한 듯 "아아아아", "오오오오", "에에에에" 하다가 하늘을 찌를 듯 웃어 댔다. 우리가 지나간 자리에는 천진난만함이 가득한 웃음소리와 염소 바이브레이션이 흩날렸다. 오토바이는 상상했던 것 이상으로 재미있었다. 놀이동산에 가 본 적이 없었지만 그 어떤 놀이기구보다 오토바이가 재미있을 것이라 생각했다. 양손으로 핸들을 잡은 채, 정면을 응시하며 운전하던 아빠가 큰 소리로 물었다.

"공주님들, 그리도 재미있어?"

"어어어어어어어……."

뒷좌석에 딸들이 앉아 있는지, 장난꾸러기 염소들이 앉아 있는지……. 꽉 잡으라는 아빠의 말에도 같은 답만 들릴 뿐이다. 아빠의 껄껄거리는 소리와 아기 염소 소리가 도로 위에 울려 퍼졌다.

어떤 이는 속도와 시원한 바람을 즐기기 위해 오토바이를 탄다지만 우리 아빠는 오로지 가족을 위해서 오토바이를 탔다. 날씨가 궂었던 어느 날, 달리던 오토바이에서 넘어지기도 했다. 욱신거리는 다리를 붙잡으면서도 '아! 안되는데' 하며 가족을 걱정했다. 아빠는 다친 다리를 하고도 오토바이에 올라탔다. 걱정스레 쳐다보는 내게 씽긋 웃어 보이는 여유까지 부리면서. 다행히 며칠간 걷는 게 불편했을 뿐 큰 부상은 아니었다.

아빠는 비가 오나 눈이 오나 오토바이에 몸을 실었다. 초롱초롱한 눈망울로 자신을 배웅하는 딸들에게 늘 "다녀올게!" 하고 씩씩하게 말했다. 그것은 건강하게 다시 돌아오겠다는 의지와 바람을 담은 아빠만의 의식은 아니었을까?

나는 종종 아빠가 탔던 것과 비슷하게 생긴 오토바이를 볼 때면 어린 시절 아빠와의 드라이브를 떠올리곤 한다. 그 옛날 우리와 함께 웃으며 도로 위를 달렸던 낡은 오토바이는 지금 어디에 있을까? 아마도 이 세상에 없겠지. 하지만 내가 뒷좌석에 탔던 것이 그 오토바이에게도 생애 최고의 드라이브였길 바란다.

。

웃 는 얼 굴 을
다 시
보 고 싶 어 서

일주일이 넘었다. 아빠의 웃는 모습을 본 지가. 허공 속 친구와 대화하는 분위기도 달라졌다. 껄껄 웃던 모습은 간 데 없고 심각하기만 했다. 가끔은 화난 얼굴로 허공에 대고 삿대질을 하기도 했다. 그것은 치매 초기, 불안에 사로잡혔을 때의 모습이었다. 아빠는 가족이 병원에 오면 더 이상 "밥은 먹었냐?"고 묻지 않았다. 묻는 거라고는 자신이 언제쯤 퇴원하는지 뿐이었다. 암 덩어리는 그렇게 마음속에 불안을 키우고, 가족의 안부를 챙기던 가장의 여유도 앗아 가고 있었다.

아빠의 몸 상태도 나날이 나빠졌다. 음식을 거부하고, 몸무게가 매일같이 줄었다. 혈액 검사 결과에서도 수치는 좋지 않았다. 커져 가는 마음의 병에 몸의 건강도 급격하게 무너져 가고 있었다.

말기 암의 절망 속에서도 그나마 다행으로 여겼던 건 아빠가 입원 후에도 웃음을 잃지 않았다는 것이었다. 하지만 더 이상 웃지 않았다. 아빠가 세계 최고의 부자이고, 전 세계인들의 존경을 받는 인물이며, 대통령 선거용 연설을 나를 따라서 해 보라고 해도 이제 별 반응이 없었다. 그동안 어김없이 아빠를 웃게 했던 이야기들인데도 말이다. 딸들의 어린 시절 재미있는 사건들을 얘기해 달라고도 졸랐다. 늘 행복하게 웃으며 들려줬으니까. 하지만 몇 마디 하다가 또다시 치매 속으로 빠져들고 불안한 눈으로 허공에 대고 얘기할 뿐이었다.

더 이상 아빠의 사라진 웃음을 되돌려 놓을 묘안이 떠오르지 않았다. 머릿속 구석진 자리로 밀어 두었던 생각이 또다시 차고 나왔다. 아빠가 입원한 다음 날이었다. 작은언니가 아빠를 등 뒤에서 안으며 '한 떨기 초목' 얘기를 다시 해달라고 했다.

"한 떨기 초목도 씨를 뿌리고 번식을 하는데, 고등 동물인 사람이 자식을 낳지 않는 건 옳지 않다."

아빠가 막힘없이 술술 얘기하는 걸 보니 평소에도 여러 차례 했던 말임이 분명했다. 결혼 안 하고 평생 아빠와 살겠노라 노래 부르는 둘째 딸에게 '너도 시집가서 애 낳고 잘 살아야지'라는 의미다.

사실 그 말에 정작 뜨끔한 건 나였다. 결혼 후 5년이 지났지만 2세 소식이 없었다. 감사하게도 친정과 시댁 어디에서도 재촉을 하거나 마음을 불편하게 하지 않았다. 하지만 남편과 나는 남몰래 고민했고 병원을 찾기도 했다. 의사는 시험관 시술을 권했지만 우리 부부는 받아들이지 않았다. 몸에는 아무 문제가 없다는 말에 '언젠가는 좋은 소식이 생기겠지' 하며 기다려 왔던 터였다. 그런데 한 떨기 초목 얘기에 문득 한 가지 생각이 스쳤다. 만약 내가 임신 소식을 전하면 아빠가 행복해져서 병을 훌훌 털고 일어나지 않을까?

사랑하는 자식이 새 생명을 가졌다는 소식은 집안의 경사이자 어두웠던 집안 분위기도 순식간에 바꿔 주기도 하니 말이다. 불임 병원에 다시 가 볼까도 생각했지만 바로 접었다. 임신보다 더 중요하고 급한 일들이 많았기 때문이다. 암에 대해 공부하고, 병실 야간 당번을 서고……. 모든 생각과 행동은 아빠를 위한 것들로 채워야만 했다. 그러니 임신을 해도 배 속 아기를 챙길 겨를이 없었다.

그렇게 애써 외면했던 생각이 어느새 다시 내 마음을 흔들어 댔다. 이런저런 고민 끝에 마음을 정했다. 2세 소식을 들려주기로. 막상 결심을 하니 생각할수록 가슴이 벅찼다. 딸의 임신 소식에 아빠가 얼마나 기뻐하실까? 초음파 사진을 보여 줄 때마다 변해 가는 아기 모습에 신기해하겠지. 그동안 나에게 아기가 오지 않았던 것은 다 이유가 있었다. 언젠가 아기 문제로 고민 중인 내게 한 친구가 말했다. 소중한 것은 가장 나중에 온다고. 녀석 덕분에 아빠는 완치될 것이다. 기적적으로 건강을 찾은 외할아버지가 손주를 품에 안은 모습을 상상해 봤다. 이보다 감사하고 감격스러운 모습이 또 있을까!

한동안 발길을 끊었던 난임 병원을 다시 찾아 시험관 시술을 받았다. 가족에게는 당분간 비밀로 했다. 걱정을 끼치고 싶지 않았을 뿐더러 무엇보다도 기쁜 소식을 깜짝 선물로 주고 싶었다.

시술을 받고 집으로 향하며 손바닥으로 가만히 배를 감쌌다. 생생하게 그리면 실제로 이루어진다는 말을 떠올리며, 곧 다가올 행복하고 기적 같은 순간을 머릿속에 그렸다. 그리고 주문을 외우는 심정으로 부드럽게 속삭였다.

"아가야, 우리 꼭 만나자. 우리 꼭 만나자."

창가로 들어오는 햇살이 병실을 환하게 비추던 날, 나는 들뜬 목소리로 아빠에게 말했다.

"아빠, 아주 좋은 소식이 있어. 나 임신했어. 아빠 손주가 몇 달 후면 태어날 거야!"

"그래? 잘했다. 축하한다."

아빠가 놀란 눈을 하고는 함박웃음을 지어 보였다. 얼마 만에 보는 웃는 얼굴이던가.

"이거 봐 봐. 초음파 사진이라는 건데, 이게 아기야. 지금은 콩알보다도 작지만 심장은 쿵쾅쿵쾅거리고 있어. 그 소리가 어찌나 크던지……. 아주 건강하대."

"그래? 어디 보자. 이게 아기라고? 허허허."

아무리 봐도 작은 동그라미만 있을 뿐인데도 아빠는 사진을 뚫어져라 봤다. 이내 인자한 할아버지의 미소를 지으며 고개를 끄덕였다. 작은 생명체의 힘은 실로 대단했다. 사진 한 장에서도 강한 생명의 기운이 뿜어 나와 아빠를 감싸고 있는 것이 보였다. 시들어 가던 한 생명이 단비를 맞고 되살아나고 있던 것이다. 하루 빨리 손주를 보고 싶어 하는 아빠의 모습에 눈시울이 뜨거워졌다.

시험관 시술을 한 날 꾸었던 꿈이 너무도 생생했다. 깨어
났을 때 눈가 옆 머리카락이 젖은 걸로 봐서는 아마 실제로
눈물까지 흘렸던 모양이다. 임신에 관한 꿈을 꾼 것은 처음
이었다. 손꼽아 기다리던 날이 왔다. 임신 여부를 확인하는
날. 오전 일찍 피검사를 받고, 오후 2시가 넘어서 전화를 받
았다.

"노신화 님, 피검사 결과가 나왔는데요. 수치가 35네요.
안타깝지만 이번에는 임신이 아닌 걸로 나왔네요. 그동안 고
생 많이 하셨는데…….."

"35요? 그래도 조금이나마 숫자가 나왔는데 전혀 가능성
이 없는 건가요?"

"네……. 기운 내시고요. 다음에는 꼭 성공하실 거예요."

통화가 끝난 휴대폰을 멍하니 바라봤다. 꺼져 버린 검은
화면이 꼭 내 마음 같았다. 머릿속에는 오직 한 가지 생각
만 맴돌 뿐이었다. 아빠의 얼굴, 내 꿈 속에서 행복하게 웃던
그 모습이. 이제 어떻게 해야 하나? 꼭 웃게 해 주고 싶었는
데……. 아빠를 위해 해 줄 수 있는 게 더는 없어 보였다. 갑
자기 눈물이 차올랐다. 사무실 비상계단에는 나 혼자였지만

누가 들을세라 입을 막고 울음을 삼켰다. 문득 귓가에 오랜 기억 속 다정한 목소리가 들려왔다.

"우리 막내가 왜 이리 시무룩해? 아빠랑 장기 둘까?", "과자 사러 갈까?", "오토바이 태워 줄까?"

뾰로통한 내 기분을 풀어 주려던 아빠의 노력은 늘 성공했다. 막내딸이 씨익 웃을 때까지 계속 했으니까. 포기하지 않았으니까.

신기하게도 나를 웃게 하려던 그 모습을 떠올리는 것만으로도 기분이 한결 나아졌다. 눈물을 닦고 고개를 힘차게 한번 까딱했다. 아빠가 그랬던 것처럼 포기하지 않겠다고 다짐했다. 아빠를 웃게 할 다른 방법이 분명 있을 테니까. 새 생명의 소식은 아빠가 건강을 되찾으면 전하리라. 초음파 사진과 돋보기를 손에 들고.

°

집 이 라 는
친 구

택시 안에서 공원을 바라보며 미소 지었던 아빠의 모습이
계속해서 떠올랐다. 미안함에 마음이 쓰렸다. 얼마 만에 본
웃는 모습이던가! 집으로 간다는 말이 그렇게나 좋았을까?
나는 차마 말할 수 없었다. 사실은 담도암 명의가 있는 다른
병원으로 옮기는 거라고. 병원을 싫어하는 아빠가 그 말에
순순히 따를 리 없었다. 딸의 거짓말에 속아 새로운 병실까
지 온 아빠는 간호사에게 다급하게 물었다.

"제가 여기 간첩으로 잡혀 온 거예요?"

아빠는 치매에서 비롯된 불안한 망상에 사로잡혀 있었다.
집에 가던 길에 갑작스레 이곳으로 잡혀 온 것이라고. 불과

몇 분 전까지 보이던 여유로운 표정은 온데간데없었다. 그제야 내가 무슨 짓을 했는지 깨달았다. 다른 핑계를 댔어야 했다. 입원 이후 줄곧 집으로 가고 싶어 했던 아빠다. 그것이 병원을 싫어하기 때문이라고만 여겨 왔는데……. 곰곰이 생각하니 그 이유만은 아니었다.

돌이켜 보면 그동안 아빠는 어디에 가건 집으로 어서 돌아가고 싶어 했다. 근사한 식당에서 외식을 해도, 경치 좋은 곳에 놀러 가도……. 그렇게도 잘 웃던 아빠지만 집이 아닌 곳에서는 좀처럼 웃지 않고 무표정한 얼굴을 했다. 가족이 웃고 떠드는 모습을 보며 살며시 미소를 짓고, 딸들이 장난스럽게 웃겨 주면 조금 더 표정이 밝아졌다가도 금세 웃음을 거뒀다. 그러고는 나지막이 말했다.

"이제 그만 집으로 가자."

"왜 아빠? 여기가 얼마나 좋아! 조금만 더 있다 가자."

그때 나는 미처 몰랐다. 아빠는 몇 번을 참았다가 딸들에게 말을 꺼낸 것이다. 하지만 우리는 아빠의 바람대로 움직이지 않았다. 모처럼 가족이 함께하는 즐거운 시간을 금방 끝내는 것이 아쉬웠고, 한편으로는 매일 집에만 있는 아빠가 바깥 공기를 쐬고 기분 전환을 하기를 바랐다. 딸들의 말에 아빠는 입을 다물고 덤덤한 얼굴로 허공을 응시했다. 그러다가 몇 분 뒤 또다시 집에 가자고 했다. 그러기를 몇 번, 마침내 "그래, 이제 가자"라는 말을 들었을 때 비로소 만족하는 표정을 보였다. 왜 그토록 집으로 돌아가고 싶어 했을까? 아빠에게 집은 어떤 의미였을까?

자수성가의 꿈을 안고 홀로 상경한 청년인 아빠가 처음 만난 집은 일꾼들이 모여 지내는 좁은 공간이었다. 같이 지내던 사람들은 아빠를 보고 한마디씩 했다. 아무리 힘들어도 늘 밝고 성실한 것이 대견하다고. 서울에서의 첫 집을 떠나던 날, 아빠는 아쉬움을 달랬다. 그간 정이 들었던 집과 마지막 대화를 나눴다.

"그동안 열심히 일한 덕분에 내 집을 장만했다네. 그동안 고마웠네."

"그래, 축하하네. 앞으로 고생 그만하고 행복하기만 바라네. 자네 미소가 그립겠구먼."

아빠의 두 번째 집은 홍은동에 있었다. 그 집에 들어갈 때는 혼자였지만 어느새 아내가 생기고, 얼마 뒤에는 큰 눈망울을 가진 딸도 태어났다. 식구가 늘어나니 많은 것이 변했다. 홀로 누리던 공간이 사라지고 조용하던 집은 아내의 잔소리와 아기의 울음소리로 가득했다. 집 안은 사람의 온기가 넘쳤지만 통장 잔고는 점점 줄어들었다. 이사를 가는 날, 아빠는 또 다시 정들었던 집과 인사를 나눴다.

"집을 팔고 다른 곳에 전세로 가게 되었네. 안 그러면 빚을 져야 하는 상황이라. 여기에서 딸도 태어났는데……. 좋은 추억 많이 만들어 줘서 고마웠네."

"많이 아쉽네. 하지만 자네 가족의 행복을 빌겠네."

그 후 여러 집을 거치면서 만남과 아쉬운 이별을 반복했다. 수중에 있는 돈도 적었고, 어린 자식이 셋이나 있다 보니 집을 구하는 게 쉽지 않았다. 어렵사리 살 곳을 구했어도, 얼마 후 감당할 수 없이 올라간 전세값 때문에 또다시 집을 옮겨야만 했다. 우리 가족은 점점 하늘과 가까운 집으로 올라가고 또 올라갔다.

그러다가 '계단 많은 집'이라고 불리는 집에서 살게 됐다. 집 앞에는 고개를 위로 향해야 그 끝이 보일 만큼 높은 계단이 있던 곳이다. 다행히 인심 좋은 집주인이 우리 사정을 봐 준 덕에 2년이 지나도 이사를 갈 필요가 없었다. 이번에는 제법 오래 살 줄 알았지만 한 사건을 계기로 아빠는 또다시 이삿짐을 싸고 집에 작별을 고했다.

"우리 막내가 얼마 전에 계단에서 구를 뻔했네. 집사람이 재빨리 잡았기에 망정이지 하마터면 큰일 날 뻔했지 뭔가. 애들을 생각해서 조금 더 안전한 곳으로 가기로 했네. 그동안 고마웠네."

"그동안 애들하고도 정이 많이 들었는데……. 그 일 때문에 많이 놀랐지? 미안했네. 애들 안전이 우선이지. 잘 가게. 행복하고."

평지에 위치한 단칸방 집에 있는 동안 아빠는 손님이 오면 농담처럼 말하며 껄껄 웃었다. 동네에서 제일 초라한 집에 온 걸 환영한다고. 말은 그렇게 했어도 집 안 곳곳을 정성 들여 손수 수리하는 모습에서 집에 대한 애정이 묻어났다. 남들이 보기에는 초라한 집이여도 아빠는 감사해했다. 가족과 함께할 수 있었으니까. 사랑하는 가족이 조금이라도 편하고 행복하길 바라는 마음으로 정성스레 집 곳곳을 손봤다.

어느 날, 방 한구석에서 책을 읽던 큰딸을 본 아빠는 창고였던 공간을 깨끗이 치우고 장판까지 깔았다. 책상, 의자, 책꽂이까지 놓으니 제법 방다운 모습이 되었다. 새로운 놀이터가 생긴 것처럼 기뻐하는 자식들의 모습에 방을 만드느라 뼈근했던 아빠의 어깨가 풀렸다. 손때가 많이 묻은 그 집과 이별하는 날, 아빠는 마지막으로 집 안을 천천히 둘러본 뒤 아쉬움에 찬 목소리로 인사를 건넸다.

"큰애가 사춘기라네. 아무래도 제대로 된 방이 따로 하나 있어야겠지. 창고 방은 겨울에 바닥이 얼음장 같아서 애들이 지낼 수가 없어. 아쉽지만 이곳을 떠나야 한다네. 그동안 고마웠네."

"자네가 온 이후 내 모습이 많이 근사해졌네. 고마웠어. 자네 가족의 행복을 비네."

그렇게 몇 번의 이사 끝에 지금의 집으로 오게 됐다. 언제까지나 지내고 싶은 만큼 있을 수 있는 우리 집이다. 조금만 걸어 나가면 벚꽃이 아름답기로 유명한 산책로가 있고, 그 옆에는 생태 하천이 흐르고 있다. 그곳에 가면 한가로이 줄지어서 물 위를 둥둥 떠 다니는 오리 가족, 살이 통통하게 오른 채 팔딱거리는 물고기들, 가늘고 긴 다리로 성큼성큼 걸어 다니는 우아한 황새의 모습을 언제든지 볼 수 있었다.

아빠는 우리가 산책을 나가자 해도 그냥 집에 있겠다고 했다. 그도 그럴 것이 아빠에게 집은 특별했다. 드넓은 세상 위에 아빠가 만든 가족의 공간이었기 때문이다. 힘들고 지쳤을 때는 기댈 수 있는 어깨를 내어 주고, 일하러 나간 가장을 대신해서 가족을 지켜 주고, 아빠가 나이 들어 혼자 집에 있을 때는 함께 가족을 기다려 주고, 시집간 딸과 손자가 놀러 온 날에는 아빠만큼이나 활짝 웃으며 반겨 주는 친구 같은 존재였다.

아빠는 전부터 뭐든 버리길 꺼려 했다. 낡고 오래돼서 더 이상 제 역할을 할 수 없는 물건, 색이 바라고 해진 옷도 버리지 않으려 했다. 알뜰한 성격 덕분이라기보다는 정든 것과 헤어지기가 싫어서였다. 정이 많은 아빠에게 원치 않는 이별은 큰 아픔이었다. 아빠가 살아오는 동안 가장 많이 이별해야 했던 대상은 집이었다. 정들고 나면 매번 작별 인사를 해야만 했던 집이라는 친구. 그 때문에 집과 떨어지는 것을 더욱 싫어하게 된 아빠.

황달로 병원에 입원하면서 아빠는 그 좋은 친구와 준비 없는 이별을 하고 말았다. 언제 돌아갈지도 모르는 집에 대한 그리움이 커질수록 몸 상태도 나빠지고 있었다. 외출증을 받아서 잠깐 동안 아빠를 모시고 집에 다녀올까도 생각해 봤다. 하지만 걱정이 앞서서 이내 접었다. 다시 병원으로 안 오

려 할 것이 뻔했다. 어떻게든 병원으로 모셔 오겠지만 잠깐
의 만남 후 헤어짐이 아빠에게는 더 큰 상처가 될 터였다. 그
렇게 아파하는 모습을 보면 내 마음도 괴로울 것 같았다.

택시 안에서 아빠가 미소 지었던 순간이 또다시 머릿속에
떠올랐다. 그때 아빠가 마음속으로 했을 말이 내 귀에도 들
리는 것 같았다.

'친구. 내가 안 보여서 궁금했지? 기다리게. 지금 만나러
가네.'

。

아 빠 가
울 던 날

"아빠, 신화는 여기에서 기다리고 있을 테니까 아무 걱정
마. 이따 보자."

아빠의 손을 감싸 쥔 내 두 손에 힘을 주며 말했다. 한 남
자가 이동식 침대를 밀자 드르륵 바퀴 소리가 났다. 침대에
누운 아빠가 내게서 점점 멀어졌다. 잡고 있던 손을 놓자 아
빠의 손가락이 내 손바닥을 스쳤다. 손끝이 맞닿았을 때, 미
세한 떨림에 묻어 있는 불안이 내게도 전해졌다. 아빠의 불
안한 시선을 향해 일부러 밝게 웃으며 손을 흔들었다. 쿵 소
리를 내며 닫힌 자동문 앞에 한동안 서 있었다. 문이 완전히
닫히기 직전의 좁은 틈으로 나를 쳐다보던 눈빛이 계속 어

른거렸다. 시술실 자동문은 그렇게 아빠와 나 사이를 가로막았다.

병원을 옮긴 다음 날 아침, 아빠는 그렇게 시술실로 들어갔다. 황달 수치를 낮추기 위해 배에 담즙 배출관을 추가하는 시술이었다. 병원 직원이 아빠를 이동식 침대로 옮겨 눕혔을 때 아빠의 눈동자가 빠르게 흔들렸다. 시술실 앞까지 가는 동안 나는 아빠의 손을 꼭 잡고 말했다.

"아빠, 몸 노래진 거 빨리 정상으로 돌아오게 하려고 의사 선생님이 조치를 취해 줄 거야. 신화가 옆에 있으니까 아무 걱정 마."

내 말에 어느 정도 안심하는 눈치였다. 나도 시술실에 들어가려 했지만 의사가 보호자는 들어갈 수 없다며 막았다. 아빠가 많이 불안해하니 손만 잡고 있겠다고 했지만 소용없었다.

간단한 시술이고 금방 끝난다더니, 아빠는 좀처럼 나오지 않았다. 아빠보다 30분 늦게 들어갔던 환자가 먼저 나오는 것을 봤을 때부터는 의자에 앉지 못하고 내내 서성였다. 혹시 무슨 문제가 생긴 것은 아닌지…… 엄지손톱을 깨물며 굳게 닫힌 자동문만 바라보고 있는데, 때마침 의사가 나왔다. 시술이 잘 됐고 아빠가 곧 나올 거라는 말에 비로소 안심했다. 드디어 아빠를 태운 침대가 나오자 나는 반가움에 뛰어갔다.

조금 지친 기색으로 힘없이 누워 있을 거라 예상했다. 아빠보다 먼저 시술을 마치고 나왔던 환자가 그랬으니까. 그런데 아빠는 나를 보자마자 눈을 크게 뜨고는 내 손을 덥석 잡았다. 부들부들 떨리는 손으로 내 손을 꽉 잡았다. 절벽에서 겨우 잡은 지푸라기를 놓치지 않으려는 듯 아주 세게. 내게 시선을 고정한 채 온몸을 파르르 떠는 것이 무언가에 충격을 받은 모습이었다. 당혹스러웠다.

"왜 그래, 아빠?"

아빠는 침대에 누운 채 이곳저곳을 빠르게 살피고 나서야 말을 꺼냈다.

"내 배를 칼로 쑤셔서 죽이려 했⋯⋯. 흑흑."

말도 제대로 못 마치고 울음을 터뜨리는 것이 아닌가. 나는 순간 아무 말도 할 수 없었다. 아무리 치매라지만 왜 그렇게까지 생각한 건지⋯⋯. 하지만 아무리 당혹스러워도 이해해 줘야 하는 것이 있다. 아빠 나름대로의 경험과 생각에서 비롯된 말과 행동이라는 것. 병원을 옮겼던 어제, 아빠는 간호사에게 "제가 여기에 간첩으로 잡혀 온 건가요?"라고 물었다. 아빠가 젊은 시절 풍문으로 돌던 얘기가 있다. 죄 없는 사람들이 간첩 누명을 쓰고 잡혀가서 쥐도 새도 모르게 죽는다고. 시술을 받는 동안 몸은 움직일 수 없고, 마스크로 얼굴을 가린 낯선 사람이 와서 날카로운 무언가로 배를 찌르고……. 아빠는 소문으로만 듣던 이야기가 자신에게 닥친 줄 알았던 것이다.

아빠가 우는 모습을 본 것은 그날이 처음이었다. 내 기억 속 아빠는 늘 밝고, 농담 잘하는 장난꾸러기였다. 송대관의 '해 뜰 날'을 활짝 웃으며 호탕하게 부르곤 했는데, 누가 봐도 걱정, 근심이 없는 사람 같았다. 하지만 매일같이 기분 좋은 일만 있었을 리 없다. 언젠가 엄마한테 들었다. 집에 쌀이 없어서 쌀 가게에 외상으로 달라고 했지만 거절을 당한 적이 있었다고. 넉넉하지 않은 형편에 딸 셋을 키우면서 겪은 어려움이 어디 그뿐이었겠는가? 아빠는 어떨 때는 평소보다 '해 뜰 날'을 더 신명 나게 부르기도 했다. 딱히 신나는 일이 없는 날인데도 말이다. 그날은 아빠에게 있어서 가슴 쓰린 아픔이나 감당하기 힘든 삶의 무게를 참아 낸 날이었다. 그렇게 노래 속에 고통을 날려 버리고 단단함을 잃지 않았다.

어쩌면 아빠는 내가 봐 왔던 것처럼 강한 사람이 아니었을 지도 모른다. 무너질 것 같은 상황이 닥칠 때마다 애써 힘을 냈던 것이다. 딸들의 초롱초롱한 눈망울을 보면서. 나 역시 부모가 된 지금에서야 느끼지만, 어린 자식의 반짝이는 눈빛 은 세상 어떤 것보다 크고 강하다.

자식 앞에서라면 숱한 절망과 위기 속에서도 씩씩하기만 했던 아빠가 울고 있었다. 그것도 서른세 살이나 어린 막내 딸 앞에서. 너무 무서워서 우는 것 외에는 아무것도 할 수 없 는 어린아이처럼 말이다. 나약함을 있는 그대로 보이는 은발 의 아빠를 보며 부모가 나이 들어간다는 것이 얼마나 슬픈 일인지 깨달았다.

시술실에 들어가기 전 아빠는 줄곧 내게 의지하는 모습이 었다. 시선은 나를 향해 고정되어 있었고, 나와 점점 멀어지 면 불안한 눈빛을 감추지 않았다. 시술이 끝나고 밖으로 나 온 순간, 아빠는 공포와 절망이 가득한 터널에서 겨우 빠져 나온 사람처럼 겁에 질려 있었다. 내 손을 꽉 잡은 아빠의 손 끝 마디마디가 나에게 이렇게 말하는 것 같았다.

'신화야, 아빠는 너무 무서웠다. 다시는 널 못 보는 줄 알 았다.'

자식으로 인해 안도감을 되찾아서일까. 나를 보자마자 아빠는 참았던 눈물을 터뜨렸다. 두려움으로 떨리는 손 때문에 눈물조차 제대로 닦지 못했다. 내 손으로 부드럽게 그 눈물을 닦아 주었다. 내가 어렸을 때 아빠가 그랬던 것처럼. 무서운 꿈 때문에 울면서 잠에서 깬 막내딸에게 "우리 신화가 무서운 꿈을 꿨나 보네. 이제 괜찮아. 아빠가 옆에 있잖아" 하고 달래 주던 아빠. 눈물을 닦아 주고 내 뺨을 어루만져 주던 거친 손은 비단결처럼 부드러웠고, 난로처럼 따뜻했다.

나는 울먹이는 아빠의 이마를 부드럽게 만져 주며 말했다.

"우리 아빠가 많이 무서웠구나. 이제 괜찮아. 다 끝났어. 얼굴 노래진 거 괜찮아지게 하려고 했던 거야. 그리고 걱정하지 마. 누가 나쁜 짓 못 하도록 신화가 지켜 줄게, 꼭."

아빠는 울음을 멈추고 차차 진정하기 시작했다. 나도 모르게 눈물이 떨어지려던 찰나 재빨리 고개를 돌렸다. 우는 모습을 보이면 안 됐다. 지금 내게 기대고 있는 아빠 앞에서만큼은. 볼을 타고 흘러내린 눈물을 티 나지 않게 닦아 내고 심호흡을 했다. 고개를 돌려 따뜻한 미소를 지어 보였다. 아빠는 울음을 뚝 그치고 진정하려는 아이처럼 고개를 끄덕였다. 그렇게 서서히 마음을 추슬렀다. 딸의 눈을 바라보며.

。

거 짓 말 하 는
딸 을   보 며

　가족이 주는 음식 앞에서는 굳게 입을 다물고, 남이 줄 때
는 곧바로 드시는 아빠. 전날 병실 당번을 섰던 큰언니가 알
아낸 사실이다. 식사 시간 때마다 펼쳐지는 안타까운 광경을
지켜본 옆 환자의 보호자가 "어르신, 그래도 식사는 하셔야
죠" 하며 숟가락을 내밀자, 아빠가 "고마워요" 하고는 죽 한
통을 다 비웠다. 간식도 큰언니가 내밀었을 때는 고개를 저
었지만 옆 환자의 보호자가 줄 때는 또다시 고맙다며 입을
벌렸다.
　큰언니의 얘기에 황당해서 헛웃음이 났지만 답답했던 숨
통이 트이는 것 같았다. 얼마 전부터 식사를 전혀 안 하는 아

빠를 보며 불안한 나날을 보냈다. 이제는 음식을 소화하기 힘들 정도로 몸 상태가 안 좋아진 것인지 걱정에 휩싸였었다. 다행히도 그건 아니었다. 냉장고 위에 올려 둔 깨끗한 죽 통에는 제법 많은 양이 들어 있었을 것이다. 나도 모르게 입 꼬리가 올라갔다. 어쩐지 그날따라 아빠가 평온한 모습으로 잠자고 있는 것 같더라니. 배 속이 든든해서인 듯하다.

그렇다고 식사 때마다 남에게 부탁할 수는 없는 노릇 아닌가? 좋은 방법이 없을까? 아득한 고민에 빠진 나의 시선은 아빠의 얼굴을 한참이나 떠나지 못했다. 아빠가 살며시 눈을 뜨더니 나를 보자마자 물었다. 언제쯤이면 이곳에서 나갈 수 있는지. 아빠는 누군가에 의해 자신이 갇혀 있다고 믿고 있었다. 아빠만큼이나 나도 궁금했다. 과연 언제쯤 따뜻하고 평온한 집으로 모실 수 있을까. 일부러 명랑하게 답했다.

"응, 우리 아빠가 식사를 잘 해서 건강해지면 금방이라도 나갈 수 있지."

아빠는 실망한 표정으로 큰 한숨을 내뱉고는 고개를 돌렸다. 같은 질문에 같은 대답, 같은 반응이 어김없이 오갔다.

조금 뒤, 얼굴에 큰 마스크를 쓴 간호사가 눈을 껌뻑이며 병실로 들어왔다.

"노영현 님, 체온 좀 재겠습니다"라는 말에 공손하게 "예" 하고 대답하는 아빠. 겨드랑이 사이에 체온계를 낀 채 순한 양처럼 기다리는 모습을 보며 나는 순간 무릎을 탁 쳤다. 곧바로 편의점으로 가서 마스크를 사고, 환자복 윗도리 새것을 하나 챙겨 왔다. 병실에 돌아왔을 때 아빠는 코까지 골며 깊은 잠에 빠져 있었다. 나는 큰언니에게 다가가 말했다.

"내가 간호사 흉내를 내서 아빠한테 음식을 드려 볼게."

무슨 뚱딴지같은 소리냐는 눈초리로 쳐다보던 언니가 별수 없이 고개를 끄덕였다. 뭐든 해야 하는 상황이니까. 드디어 식사 시간이 되자 큰언니가 아빠를 깨웠다. 이번에도 역시 아빠는 밥 그릇 쪽은 쳐다보지도 않았다. 언니가 밥 한 술을 떠 아빠 입에 넣어 주려 해도 고개를 젓고는 멍하니 허공만 바라봤다.

나는 큰언니와 잠시 눈빛을 교환하고는 조용히 변장 도구를 챙겨서 병실 복도로 나갔다. 간호사처럼 머리를 묶고, 마스크를 썼다. 환자복을 뒤집어 입으니 얼핏 보면 하얀 가운을 입은 간호사 같았다. 체온계는 구하지 못해 대신 볼펜을 손에 들었다. 병실 문 앞에 다가서자 심장이 쿵쾅댔다. 아빠를 위한 나의 첫 인생 연기가 시작되기 직전이었다. 심호흡을 몇 번 한 뒤, 드디어 문을 열었다.

"노영현 님, 체온 좀 재겠습니다."

일부러 목소리를 낮게 내리깔아 경험 많은 노련한 간호사인 척하려는 속셈이었다. 하지만 긴장한 탓에 가늘게 떨려 꼭 염소 우는 소리가 나왔다. 이 얼마나 어이없고 허술한 계획인가. 유치함에 얼굴이 화끈거리며 달아올랐다. 그런데 당황스럽게도 자꾸 웃음이 터지려 했다. 실룩거리는 입술을 진정시키느라 애를 쓰는데, 아무것도 모르는 아빠가 대답했다.

"예에."

나는 재빨리 볼펜을 아빠의 겨드랑이 사이에 넣었다. 이제 어떻게 해야 할지 막막해하고 있는데 때마침 옆에서 지켜보던 큰언니가 나섰다.

"간호사 님, 저희 아빠가 식사를 도통 안 하셔서 큰일이에요."

"노영현 님. 빨리 퇴원하려면 식사를 잘하셔야 해요. 제가 한번 드려 볼게요. 아아."

다행히 아빠는 "고마워요" 하며 입을 크게 벌렸다. 음식을 오물거리는 그 모습을 보니 방금 전까지의 부끄러움이 사라지고 뿌듯함이 밀려 왔다. 음식을 떠서 권할 때마다 아빠를 기분 좋게 하려고 계속 칭찬했다.

"근데 노영현 님은 아주 잘생기셨어요. 미남 대회에 나가 서도 될 것 같아요. 그리고 따님들이 정말 착하고 효녀네요. 참 좋으시겠어요."

아빠는 고맙다면서 식판에 있던 음식을 모두 먹었다. 몇 분 뒤, 아빠에게 간식을 드리는 데도 성공했다. 가족들에게 전화로 소식을 전하니 한목소리로 칭찬하며 기뻐했다. 큰 문제는 의외로 간단하게 풀린다는 것을 새삼 깨달았다. 아빠의 말기 암도 이겨 낼 것만 같은 자신감마저 들었다.

어느덧 다시 돌아온 식사 시간. 나는 또다시 간호사 흉내를 내며 음식을 권했다. 그런데 이번에는 아빠가 허공을 바라보더니 말했다.

"하지 마라."

나는 개의치 않았다. 아무래도 아빠가 허공을 보며 딴 생각을 하느라 내 말을 못 들은 줄로 알았다.

"노영현 님, 이거 드시고 얼른 건강해지셔야죠. 그래야 하루 빨리 퇴원하시죠. 자, 아……."

허공을 바라보던 아빠가 고개를 돌리더니, 내 눈을 똑바로 보며 말했다.

"하지 마라."

아빠의 눈빛을 본 나는 아무 말도 하지 못했다. 거짓말이 들켰다는 창피함과 아빠를 속였다는 미안함이 몰려 왔다. 더 이상 연기를 하는 것은 무리인 상황이 분명했다.

"알겠어, 아빠. 그만 먹자."

아빠를 위해서 한 거짓말이라는 변명은 하지 않았다. 그게 무슨 소용이람. 나를 위한 변명일 뿐, 오히려 아빠를 더 심난 하게 만들 게 뻔했다.

아빠는 다 이해한다는 눈빛으로 나를 봤다. 그 따뜻한 눈 빛은 불편한 내 마음을 살살 보듬어 줬다. 그리고 꼭 이렇게 말하는 것 같았다.

'오늘 너의 행동을 아빠는 다 안단다. 그래서 미안해지는 구나. 너의 거짓말에 담긴 나를 위한 배려, 사랑, 노력을 지 켜 주지 못한 것이. 아빠가 미안하다…….'

°

장 인 과
사 위

딸은 시집 보내면 그만이라는 사람들의 말에 아빠는 호탕
하게 웃으며 말하곤 했다.

"딸을 시집 보내는 게 아니라, 아들을 얻는 것이지."

딸만 셋 있는 가장의 억지로 보일 수도 있는 그 말이 나는
참 듣기 좋았다. 늘 궁금했다. 과연 아빠가 앞으로 사위와 어
떻게 지낼지. 평소 누구와도 거리낌 없이 대화를 나누고 농
담도 잘하는 사람이라 아마도 사위와도 즐겁게 지내지 않을
까 싶었다. 장인과 사위가 마주 앉아 껄껄 웃는 모습을 그려
보며 혼자서 흐뭇해하기도 했다.

드디어 아빠에게도 아들이 생겼다. 큰언니가 결혼을 한 것

이다. 형부가 처가에 오면 아빠는 밝은 얼굴로 맞았다. 하지만 거기까지였다. 특유의 농담도, 정겨운 대화도 없었다. 그나마 성격이 싹싹한 형부가 장인에게 먼저 다가가서 말을 걸고 친아들처럼 스스럼없이 농담을 하면 인자한 얼굴로 차분히 얘기하는 게 다였다. 그렇게 사위를 대하는 아빠의 모습은 보기 좋게 내 예상을 빗나갔다.

몇 년 뒤, 아빠에게 아들이 한 명 더 생겼다. 막내 사위. 동갑내기인 남편은 내게 수시로 전화해서 이런저런 얘기를 한다. 구내 식당 반찬이 뭐였고, 점심 식사 후 산책하며 무슨 아이스크림을 먹었고, 퇴근길 지하철 출구 앞 떡볶이 냄새에 배가 꼬르륵거렸다는 둥······. 어떨 때는 남편이 쉴 새 없이 얘기를 쏟아 내는 통에 겨우 틈바구니를 찾아서 내 얘기를 하기도 했다. 그런 사람이 처가에만 가면 조용해지는 것이 의아했다. 그렇다고 예의가 없는 것도 아니었다. 다만 먼저 다가가거나 말을 걸지 않을 뿐. 당연히 아빠와 따로 대화를 하는 일도 거의 없었다.

한번은 두 사람을 끌어다가 장기판 앞에 마주 앉힌 적이 있었다. 어색한 침묵 속에서 판이 펼쳐졌다. 둘 사이에 대화라고는 아빠가 엷은 미소를 지으며 "장군" 하면 남편이 "멍군" 하는 게 고작이었다.

아빠가 말기 암 진단을 받은 후에도 두 사람의 거리는 여전했다. 퇴근 후 병실을 찾아와서 "저 왔습니다"라며 인사하는 막내 사위, 침대에 누운 채 "어서 오게" 하고 맞이하는 장인. 짧은 인사말이 오가고 나면 어김없이 침묵만 흘렀다.

아빠와 남편만 두고 병실 밖으로 나갈 일이 있던 날, 마치 아이들만 두고 집을 나서는 엄마처럼 "조금만 기다려. 금방 갔다 올게"라며 병실을 나섰다. 남겨진 두 사람이 서로 불편해할 것이 염려됐다. 한편으로는 나만 어색해하고 마음 쓰는 것인지도 모른다는 생각도 했다. 두 사람은 익숙해졌을지도……. 가족이 된 지 5년이나 지났으니 말이다.

일을 마치고 서둘러 병실로 돌아온 나를 보고 아빠가 조용히 말했다.

"신화야, 아빠 대변 보고 싶다."

듣던 중 반가운 소리였다. 입원 이후 줄곧 변비가 아빠를 괴롭혔다. 아빠는 살이 너무 빠져서 더 이상 틀니가 맞지 않아 대부분의 음식을 씹지 않고 넘겼다. 그나마 먹는 양도 아주 적었다. 운동이라도 하면 좋으련만 침대에 누우려고만 하니 변비는 나아질 기미가 보이지 않았다. 병원에서 준 배변

시럽을 먹으면 배에 가스가 차서 만삭의 임산부 배가 됐다. 터질 듯 부풀어 오른 배 때문에 숨 쉬기 힘들어 헉헉거리는 아빠를 볼 때마다 안타깝기 그지없었다. 내가 해 줄 수 있는 것이라곤 배를 문질러 주며 "쓱쓱, 내려가라"는 말만 반복하는 일뿐이었다.

내가 병실 당번이었던 그날, 며칠간 아예 대변을 보지 못한 아빠를 위해 나는 틈나는 대로 배를 문질러 주었다. 얼마나 힘을 줬는지 손목과 팔뚝이 뻐근했다. 효과가 있었는지 드디어 아빠가 대변을 보고 싶다고 한 것이다.

재빨리 대변통을 엉덩이 밑에 받쳤다. 아빠의 체력은 화장실에 걸어가기도 힘들 정도로 쇠약해졌다. 아빠가 힘을 주는 동안 부지런히 배를 문질러 주었다. 마침내 내 팔뚝보다 얇은 두께의 것이 통 속으로 미끄러지듯 떨어졌다. 나도 모르게 탄성을 질렀다. 저것이 그간 배 속에 들어앉아 있었으니 얼마나 답답하고 힘들었을까.

"아빠, 진짜 잘했어. 잠깐만 기다려 줘. 치워 줄게."

아빠는 말없이 고개를 옆으로 돌리고는 창가를 바라봤다. 지친 기색이 역력했다.

그런데 막상 치우려니 머릿속이 복잡해졌다. 누워 있는 환자의 대변을 치운 경험도 없을뿐더러, 아빠를 닦아 주려니 영 어색해서 머뭇거려졌다. 어릴 적에도 아빠와 함께 목욕 한번 해 본 적이 없던 나다.

그런 내 모습을 아빠가 눈치채지 않게 물건을 찾는 척하며 병실을 두리번거렸다. 그때 옆에 있던 남편이 말했다.

"아버님, 제가 닦아 드릴게요."

남편의 그 말이 단비처럼 들렸다. 그 순간만큼은 남편의 목소리가 비단처럼 부드러웠다. 나는 아무 말 없이 남편이 하는 것을 지켜봤다. 남편은 환자용 패드를 침대에 깔고 나서는 물티슈로 아기 엉덩이 닦듯 조심조심 닦았다. 간병 경험이 없는 사람인데도 능숙하게 처리하는 모습이 듬직했다. 화장실에서 뒤처리까지 마치고 나온 남편에게 아빠가 나직하게 말했다.

"고맙네."

남편을 쳐다보느라 신경 쓰지 못했던 아빠에게 그제야 시선을 돌렸다. 지쳐서 누워 있었지만 눈빛에는 고마움이 가득했다. 대변을 본 후 아빠의 배 속은 편해졌을지 몰라도 마음은 그 어느 때보다 불편했을 것이다.

지금껏 딸들 앞에서 흐트러진 모습을 보인 적이 없던 아빠였으니까. 아빠는 늘 집에 있으면서도 아침마다 도끼빗을 들고 거울 앞에 서서 7 대 3 가르마를 타고 머리를 빗었다. 무더운 여름날에도 긴바지를 입고 가죽벨트를 꼭 찼다. 날씨가 더워 엄마가 속살이 비치는 옷을 입으면 애들 앞에서 옷 좀 제대로 입으라고 핀잔을 주기도 했다. 그런 사람인데 다 큰 막내딸에게 엉덩이를 보여 줘야 하는 심정은 어땠을까.

고맙다는 장인의 말에 어색한 미소로 "아니에요. 아버님" 하는 남편. 사실 그동안 남편에게 서운한 마음이 든 적도 있었다. 장인에게 일부러 거리를 두는 듯했고, 말기 암 소식에도 걱정이나 안타까운 기색이 없어 보였기 때문이다. 하지만 그날부로 나는 인정했다. 사위로서의 남편을 제대로 보지 못해 왔음을. 내색을 하지 않아서 그렇지 남편도 장인이 마음 쓰였던 것이다.

언제 그랬냐는 듯 둘 사이에 또다시 침묵이 흘렀다. 하지만 그 침묵이 더 이상 불편하지만은 않았다. 때론 말보다 깊고 따뜻한 침묵도 있는 법이다. 겉으로 보이는 것만으로 상대를 판단해서는 안 된다는 말에 그 어느 때보다 공감했던 순간이었다.

우연인지 몰라도 며칠간 변비였던 아빠가 병문안을 온 막내 사위를 보고 또다시 대변을 봤다. 남편은 전보다 더 능숙하게 장인을 닮아 드렸다.

"아빠는 제부만 오면 대변을 보네. 아무래도 다음에 또 변비가 오면 제부가 출동해야겠다. 제부 보고 조금 더 자주 오라 해."

"정말 그러네. 김 서방이 아주 큰일을 했네."

작은언니와의 대화를 전했더니 남편이 씨익 웃었다. 자신이 정말로 큰 문제를 해결했다고 인정하는 눈치였다. 그렇게 남편은 '대변을 부르는 김 서방'이 되었다.

응 급 실 에 서
발 견 한   빛

회사에 있던 나는 점심 시간이 되어서야 그곳으로 향했다.
병원 응급실에 간 것은 처음이었다. 질서 없이 놓인 간이 침
대 위에 누워 있는 환자와 그 옆에 선 보호자들로 북적였다.
의료진은 좁은 통로를 잰걸음으로 돌아다녔다. 어디선가 다
급하게 의료진을 불러 대고, 누군가는 고통에 신음했다. 그
어수선함 속에서 아빠를 찾기 시작했다.

그간 많은 일이 있었다. 아빠는 병원을 옮긴 후에도 영양
제, 항생제 투여, 혈액 검사, 영상 촬영(엑스레이, CT 등) 같
은 조치만 받았다. 물론 그것들은 암을 치료하는 목적은 아

니었다. 아빠의 건강은 나날이 나빠졌고 하루에도 몇 차례씩 고열에 시달리곤 했다. 그런데도 병원은 퇴원해야 한다고 했다. 3차 병원은 난이도가 높은 의료 행위를 전문적으로 하는 곳이라 아빠같이 기본적 조치만 받는 환자는 2차 병원으로 가야 한다는 게 이유였다. 그냥 있을 수 없는지 재차 물었지만 돌아오는 것은 차가운 대답뿐이었다.

병원 입장을 이해하면서도 야속함을 가눌 길이 없었다. 몸 상태가 나아지면 수술도 검토해 보자는 말에 희망을 갖고 병원을 옮겼건만……. 이곳에서도 아빠를 포기하면 어디로 가야 한다는 말인가.

가족 회의 끝에 아빠를 경기도에 있는 암 전문 요양병원으로 모셨다. 작은언니 지인의 가족이 병을 이겨 낸 곳이자 내 지인의 직장 동료도 상태가 좋아진 곳이었다. 사전 답사를 가서 시설을 둘러보고, 그곳에서 지내는 환자들과 대화를 나누다 보니 꺼져 가던 희망의 불씨가 다시 살아났다. 병원에서 포기했지만 기적적으로 암을 이겨 낸 사람들은 대부분 공기 좋은 곳에서 자연과 벗하며 친환경 유기농 음식을 먹고, 좋은 생각을 하며 지냈다. 그런 생활이 가능해 보이는 요양병원에서 아빠도 분명 나을 것만 같았다. 작은언니는 아빠에게 집을 멋지게 수리 중이니 공기 좋은 곳에 가서 지내다가 집으로 가자며 거짓말을 했다. 엄마와 작은언니도 그곳에서 지냈다. 아빠가 지낸 1인실은 병실이라기보다는 작은 오피스텔 같은 느낌을 주는 곳이었다. 언제까지 있어야 하는지 기약이 없는데도 아빠를 살리기 위해 함께 지내기로 한 두 사람의 결단이 고맙고 든든했다.

친정에 있던 인형들도 그곳에서 함께 지냈다. 작은언니는 그렇게 하면 아빠가 집에 있는 것 같은 편안함을 느낄 거라 했다. 정말 그 덕분인지 아님 환자복을 벗어서인지 언니가 사진으로 보내 준 아빠의 잠든 모습은 평온해 보였다. 주말에 면회를 가서 보니 인형들이 한쪽 벽에 나란히 앉아 있었다. 나는 인형들에게 미소를 지어 보였다. 왠지 아빠를 지켜 주는 기사 같은 모습이 대견스러웠다.

그곳에서 아빠는 매일 규칙적으로 산책을 했다. 휠체어에 앉은 상태였지만 맑은 새소리를 듣고 싱그러운 풀과 오색찬란한 꽃들의 향기를 맡았다. 처음 며칠간은 아빠의 상태가 좋아지는 듯했는데 얼마 지나지 않아 문제가 생겼다. 배에 연결된 담즙 배출관에서 담즙이 거의 나오지 않았다. 응급조치가 필요했지만 요양병원의 의사는 자신은 할 수 없다며 고개를 저었다.

결국 아빠는 원래 지냈던 병원 응급실로 돌아와야 했다. 아빠를 찾으면서 걱정이 앞섰다. 치열한 전쟁 속의 야전 병원 같은 그곳에서 불안해할 것이 분명했다. 가뜩이나 그리도 싫어하는 병원에 와서 마음이 안 좋을 텐데……. 아빠의 낯빛은 예상대로 불안이 가득했다. 전보다 더 노래지고 살이 빠진 걸로 봐서 몸 상태가 나빠졌음을 짐작할 수 있었다.

옆에는 엄마와 작은언니가 지친 모습으로 서 있었다. 한 시간 반가량 동안 긴장 속에서 구급차를 타고 온 두 사람. 응급실에서는 앉을 자리도 없는 탓에 선 채로 계속 아빠 곁을 지켰던 모양이었다. 병원에 도착한 지 벌써 두 시간이 다 되어 가는데 말이다. 내가 있을 테니 앉을 곳을 찾아서 쉬라고 했지만 괜찮다고 했다. 며칠 만에 다시 만난 세 사람의 모습을 보고 있자니 마음이 무거워졌다.

아빠는 나를 보자마자 내 손을 덥석 잡았다. 그 손이 너무 차가워서 순간 움찔했다. 에어컨 바람 때문이었는지 몸 상태가 악화돼서인지 알 수 없었다. 두 손으로 아빠의 손을 감싸 잡고 힘껏 주물럭거렸다. 그렇게 해 주면 온기도 찾고 혈액순환이 제대로 될 것만 같았다. 한편으로는 막내딸이 전하는 마음의 응원을 받고 불안을 거두길 바랐다.

"물 좀 줘라."

아빠는 오랜만에 만난 막내딸에게 인사도 건너뛰고 말했다. 바짝 마른 입술과 간절한 얼굴이 얼마나 목이 마른지 대신 말해 주는 것 같았다. 물을 찾으러 가려는데 작은언니가 나를 붙잡았다. 담즙 배출관 조정 시술이 잡혀 있어 금식이라면서. 갈증을 얼마 동안 참았던 것일까? 유일하고 간절한 그 부탁을 꼭 들어주고 싶었다. 그간 아빠에게 해 준 게 없었던 미안함을 조금이라도 만회하고도 싶었다.

때마침 옆을 지나가는 의사에게 아빠의 갈증이 너무 심하니 물 한 모금 드려도 되는지 물었다. 의사는 차트를 쓱 보고 나서 툭 던지듯 안 된다고 했다. 시술은 언제쯤 받느냐는 물음에는 기다리라는 말만 하더니 급히 다른 곳으로 걸어갔다.

할 수 없이 작은언니가 일러 준 대로 거즈에 물을 조금 묻혀 아빠의 입술을 적셔 주었다. 아빠는 입을 벙긋거리며 거즈에 묻은 물이라도 빨아 먹을 기세였다. 그 모습에 가슴이 아렸다. 단지 물 한 모금을 바라는데도 허락되지 않고, 목구멍이 갈라지는 갈증을 참아야 하는 심정이 어떨까. 옆에서 보는 내 입술도 메말라 갔다.

아빠는 필사적으로 거즈를 빨았다. 그 모습을 그저 안타깝게만 바라보던 나는 문득 깨달았다. 아빠는 단순히 목이 마른 게 아니었다. 암 극복에 가장 중요한 것은 반드시 이겨 내겠다는 환자 본인의 의지다. 하지만 우리에게는 기대할 수 없는 부분이라 생각했다. 치매인 아빠는 본인이 말기 암이라는 것을 모르니 말이다. 최근에는 기력이 점점 쇠약해져서 잠만 자려 했다. 집으로 가고 싶어 하는 것 외에는 어떤 것에도 의욕을 보이지 않았다. 그랬던 아빠가 죽기 살기로 젖은 거즈를 빨고 있는 것이다. 그것은 분명 의지였다. 살고자 하는 강한 의지.

안타까움과 절망이 뒤섞인 상황 속에서 한 줄기의 빛이 보였다. 그리고 확신했다. 아빠는 가족을 두고 쉽게 떠날 사람이 아니라는 것을. 인생은 드라마와 같아서 때로는 고약한 방향으로 연출되지만 그럴수록 진한 감동을 준다. 순탄하게 술술 풀리지 않는 덕에 우리는 힘든 나날을 이겨 낼 용기와 힘을 키운다.

나는 한 손으로 아빠의 차가운 손을 꼭 잡고, 다른 한 손으로는 아빠의 볼과 얼굴을 살살 어루만졌다.

"아빠, 조금만 있으면 물 마음껏 마실 수 있어. 그러니까 조금만 더 참자."

　말없이 고개를 끄덕이는 아빠의 모습이 어떻게든 참아 보 겠노라고 대답하는 것만 같았다. 아빠의 손을 더욱 힘주어 잡으며 그 의지를 격려하고 힘을 보탰다. 아픈 사람들이 가 득한 응급실에서 왠지 모를 강한 생명력이 느껴졌다. 살기 위해, 생명을 지키기 위해 사람들이 모인 곳. 분명 아빠도 그 생명의 기운에 한몫하고 있었다.

4부

비가 와도
꽃은 핀다

。
가 을 의
온 기

어느덧 9월이 됐다. 한여름의 따사로운 햇빛을 받으며 활기 넘치던 자연이 서서히 가을맞이를 준비하고 있었다.

아빠가 입원했던 때가 본격적인 무더위가 시작되던 7월이었으니, 벌써 두 달이 지났다. 이번 여름은 유난히도 더웠지만 아빠의 손은 만질 때마다 차가웠다. 그때마다 내 두 손으로 감싸 쥐고 입김을 불어넣어 주거나 손바닥 사이에 넣고 비비곤 했다. 언제부턴가 아빠의 얼굴에서 서서히 웃음기가 사라졌고, 아빠는 그 무엇에도 의욕을 보이지 않았다. 아빠의 손을 따뜻하게 해 주려 무던히 애를 썼다. 얼음처럼 굳어 가는 그 마음에 온기가 닿기를 바라면서.

나는 내심 가을이 오기를 기다렸다. 가을은 성숙하고 차분하다. 가볍지 아니하고 무게가 있는 것이 안정감을 준다. 가을 하늘은 끝을 헤아릴 수 없을 만큼 넉넉하다. 아빠를 닮은 계절이기에 가을을 기다렸던 것 같다. 자신과 어울리는 계절 속에서 아빠가 안정을 찾을지도 모른다는 기대를 품었다.

가을을 맞으면서 아빠는 두 가지와 작별했다. 하나는 여름이요, 다른 하나는 병원. 그렇다. 드디어 집으로 가게 된 것이다. 퇴원 결정을 하기 며칠 전부터 아빠를 집으로 모실 수 있는 방법을 찾아 헤맸다. 그동안 주 2회 혈액 검사, 항생제, 영양제 링거 교체, 담즙 배출관 소독 때문에 병원을 벗어날 엄두조차 못 냈다. 하지만 수소문 끝에 집에서 모시면서 그런 조치를 취할 수 있는 방법을 알아냈다. '가정간호제도'를 통해 병원 간호사가 집까지 와서 혈액을 채취해 가면 됐다. 항생제, 영양제는 집 근처 요양센터 간호사가 와서 해 주고, 담즙 배출관 소독은 작은언니가 배워서 직접 하기로 했다.

방법을 찾은 뒤 차근차근 퇴원 준비를 했다. 막막했던 문제들이 하나씩 풀려 가자 답답했던 마음에 숨통이 트였다.

"아빠, 우리 집으로 가자."

하루에도 몇 번씩이나 하고 싶었지만 참아야만 했던 말을 드디어 했다. 흥분되고 감격스러웠다. 간절히 바라던 퇴원 소식에 아빠가 눈을 반짝이며 당장이라도 침대에서 일어나기를 기대했다. 하지만 누운 채 허공만 바라볼 뿐 아무런 반응이 없었다. 그동안 아빠는 많은 곳을 거쳤다. 첫 번째 병원, 두 번째 병원, 요양병원, 응급 병동, 특실……. 장소를 옮길 때마다 우리는 거짓말을 해야만 했다. 그런데 이제는 집으로 간다는 희망을 갖는 것조차도 접은 것일까? 아빠의 유일한 소원을 너무 늦게 들어주는 것이 안타까웠지만 이제라도 가능한 것을 다행으로 여겼다.

집에 도착해서 늘 눕던 자리에 누운 아빠의 표정이 한결 편안해졌다. 병원에서는 볼 수 없던 얼굴이었다. 우리는 힘들고 긴 여행을 마치고 집에 돌아온 듯 지쳐 있었다. 하지만 모처럼 평온한 아빠의 얼굴을 보고는 안도하며 미소 지었다.

아빠를 집으로 모시기로 결정했던 날, 작은언니가 펑펑 울며 내게 말했다.

"집으로 가면 너도 친정에서 지내면 안 될까? 나 너무 무서워……. 옆에 있어 주면 안 될까?"

순간 아무 말도 못 했다. 그동안 아빠를 반드시 살려 내겠다며 굳은 의지를 드러내고, 완치에 대해서도 누구보다 확신에 찬 모습을 보였던 언니다. 어떤 상황에서도 씩씩했는데 알고 보니 힘들수록 더 강한 척을 했던 것이다. 그동안 얼마나 무서웠을까? 울컥 하고 올라오는 무언가에 목구멍이 따가웠지만 내색하지 않으며 그러겠노라 답했다. 고맙다는 말도 덧붙였다. 실은 그동안 전화로만 아빠의 안부를 묻는 것이 편치 않았다. 작은언니 덕분에 앞으로 아빠를 매일 볼 수 있게 됐으니 오히려 잘된 일이었다.

동생과 함께 집으로 간다는 생각 덕분인지 작은언니는 다시 씩씩해졌다. 담즙 배출관 세정 방법을 배울 때도 덤덤했다. 혹시나 잘못될까 무서워서 방법을 배울 엄두도 못 냈던 나와는 대조적인 모습이었다. 생각해 보면 내가 그동안 한 게 별로 없었던 것 같은데 옆에 있어 주는 것만으로도 힘이 된다니. 지난 여름 내내 혼자서 끙끙거렸을 언니가 안쓰러웠다. 그래도 이제야 속마음을 털어놓으니 다행이었다.

집에서의 생활은 아빠를 중심으로 돌아갔다. 병원에서는 아빠가 추석을 넘기기 힘들 거라 했지만 우리는 개의치 않았다. 아빠의 치료를 위한 다양한 방법들을 매일같이 해냈다. 특히 열 치료에 공을 들였다. 요양병원에서 알게 된 방법인데, 특수 장비로 아빠 몸 구석구석에 열을 비추는 것이다. 신기하게도 열 치료 이후 아빠의 암 통증이 사라졌다. 그 외에 유기농 음식, 원기 회복 식품(로열젤리 등), 천연 항생제 등을 꼬박꼬박 챙겼다. 긍정적인 마음을 갖게 하는 노래 '아빠 힘 내세요'나 '희망의 나라로'를 틀어 놓았다. 평온한 마음을 위한 각종 자연의 소리(새소리, 개울물 소리 등)도 들려주었다. 물론 아빠의 애창곡도 빼놓지 않았다. 이처럼 많은 일을 놓치지 않기 위해 아예 일과표를 만들었다. 집으로 돌아온 뒤처음 며칠간은 시행착오도 있었으나 점차 안정을 되찾았다. 하루하루가 일과표대로 착착 흘러갔다. 그 덕분인지 탁했던 아빠의 눈동자가 점점 맑아졌다. 눈동자는 건강 상태를 보여준다는 말이 있다. 아빠가 기적적으로 나을 것이라는 우리의 희망이 점점 커졌다.

아빠의 침대는 성인 3~4명이 누울 수 있을 크기였다. 밤이 되면 엄마와 작은언니가 아빠의 양옆에 누워서 잤다. 나도 함께 자고 싶었지만 엄마와 언니가 못 하게 했다. 다음 날출근하는 사람이 밤잠을 설치면 안 된다면서. 그건 사실이었다. 아빠는 자다가도 몇 번씩 소변을 보고 싶어 했고, 목이 마르다며 물을 찾았다. 그러니 아빠 옆에 있으면 그때마다 잠에서 깰 수밖에 없었다. 뿐만 아니라 아빠가 몸을 뒤척이다 보니 담즙 배출관과 담즙팩이 무사한지 수시로 확인해야 했다. 이런 일들 때문에 내가 회사에 있는 낮 동안에도 엄마와 언니는 제대로 쉬지 못할 게 뻔했다. 그것을 잘 알기에 두 사람의 배려가 더욱 고맙게 느껴졌다.

나는 서둘러 퇴근해서 잠자러 가기 전까지 엄마와 언니를 도왔다. 어느덧 우리 역할은 자연스럽게 나뉘었다. 음식을 드릴 때는 누워 있던 아빠를 앉혀 세우고 다시 눕지 않도록 등 뒤에서 지탱하는 일은 작은언니가, 안 먹겠다는 아빠를 살살 달래며 입에 음식을 넣는 일은 내가, 식사가 끝난 후 정리는 엄마가 했다. 아빠의 머리를 감길 때에는 누워 있는 아빠의 뒤통수를 받쳐 드는 것은 작은언니가, 물을 뿌리고 거품을 내는 것은 내가, 뒷정리는 엄마가 했다. 결코 쉬운 일들이 아니지만 누구도 힘든 내색을 하지 않았다. 오히려 서로를 따뜻하게 격려했다.

그러던 어느 날, 새벽에 깨어나 화장실에 가려다가 안방을 들여다보았다. 불이 꺼진 방 안을 열 치료 장비의 은은한 빛이 밝혀 주고 있었다. 잠든 아빠가 쌕쌕거리는 소리, 엄마의 코 고는 소리가 주거니 받거니 하며 울려 퍼졌다.

나란히 누워서 자고 있는 세 사람을 말없이 바라보고 있자
니 뭉클해졌다. 슬퍼서가 아니었다. 말기 암과 싸우는 상황
이지만 집 안에는 사랑과 배려가 넘쳐 났기 때문이었다. 친
정에서의 매일은 감동과 감사의 연속이었다.

　초가을에 접어들면서 새벽 공기가 제법 선선해졌다. 누군
가는 가을이 쓸쓸하고 서늘하다고 하지만 우리에게는 아니
었다. 우리 가족에게 가을의 새벽은 언제나 따뜻했다.

∘

행 복 한
길 들 임

"신임아! 신임아!"

다급하게 둘째 딸을 부르는 아빠의 목소리가 집 안에 울려
퍼졌다.

"응, 신임이 여기 있어!"

안방으로 냉큼 달려갔던 언니가 빈 물컵을 들고 나왔다.

퇴원 이후 하루에도 몇 번씩 펼쳐지는 광경이었다. 아빠는
도움이 필요하면 작은언니만 찾았다. 시야에 둘째 딸이 없으
면 애타는 목소리로 부르곤 했다. 걱정돼서 달려가 보면 물
을 달라거나 소변을 보고 싶다는 게 전부였다. 하루 종일 침
대에서 힘없이 누워만 있을 뿐인데 어디에서 그런 기운이 나

오는지.

작은언니가 화장실에 있거나 중요한 통화를 할 때면 엄마나 내가 대신 달려갔다. 우리는 "여보, 내가 갈게요"나 "신화가 갈게"라고 하지 않았다. 굳이 작은언니의 말투까지 흉내내면서 "응, 신임이 여기 있어"라고 답했다. 그게 아빠가 가장 듣고 싶은 말이자 아빠의 마음을 가장 편하게 하는 말이니까.

아빠와 작은언니의 각별한 사이는 언니가 아장아장 걸어다녔을 때 시작됐다.

"신화가 태어나고 나니까 신임이가 '아빠, 아빠' 하면서 나한테 착 달라붙고 따랐어."

아빠가 함박웃음을 머금고 종종 했던 얘기다. 그동안 엄마에게서 떨어지지 않으려던 둘째 딸이었는데……. 한순간도 아빠와 떨어지기 싫어하고 잡은 손을 놓칠세라 있는 힘껏 움켜 쥐는 녀석이었다.

언니와 나는 두 살 차이다. 아직은 엄마의 사랑이 필요했던 어린 딸의 마음을 아빠는 자신의 사랑으로 채웠다. 작은언니는 줄곧 아빠를 좋아하고 잘 따랐다. 대개 딸들은 엄마

옷을 입어 보고 흉내도 내곤 하는데, 언니는 아빠 양복을 입고, 넥타이까지 매고는 너털웃음을 짓는 모습을 흉내 냈다. 아빠는 껄껄 웃으며 그 모습을 카메라에 담았다.

작은언니는 아빠가 누군가의 보살핌이 필요하게 되자 기꺼이 그 울타리가 되었다. 아빠에게 치매가 왔을 때는 그 행동을 인정해 주고 아낌없이 사랑을 표현했다. 불안에 떠는 아빠를 위해 아빠가 세계 최고의 부자이고, 대통령 선거에 나갈 예정이며, 세계 최고의 요원들의 특수 경호를 받는다는 이야기들을 지어 실감 나게 들려줬다. 그때마다 아빠는 앞니가 훤히 드러날 정도로 크게 웃었다. 덕분에 화내는 치매가 웃는 치매로 바뀐 것이다.

사업으로 바쁜 나날을 보내면서도 언니는 수시로 아빠에게 전화하곤 했다.

"어, 깡패냐? 지금 어디냐?"

"사무실이지. 아빠, 나 오늘도 너무 바빠. 지구에 있는 돈이 다 나한테 오고 있는 것 같아. 내가 아빠 딸이라 지구상에 있는 행운들이 내게 몰려오나 보다. 맞지?"

"뭐라고? 하하하, 깡패 요놈!"

아빠는 하회탈 같은 얼굴을 하고는 숨이 넘어갈 듯 웃었다. 그리고 말끝에는 이 말을 항상 잊지 않았다.

"아무리 바빠도 밥은 꼭 챙겨 먹고 다녀야 한다."

"응, 알았어. 신임이 밥 세 그릇 먹을 거야."

"바쁠 텐데 그만 끊자. 이따 조심히 들어와. 담배 한 갑이랑 막걸리도 사 오고."

"응. 사랑해, 아빠."

아빠는 늘 담배와 막걸리를 사 오라고 했지만 퇴근한 언니의 손에는 아빠가 좋아하는 음식이 들려 있었다. 부녀는 다정하게 마주 앉아 음식을 먹으며 장난스레 대화했다.

"아빠는 누가 지키지?"

"깡패."

"깡패는 누가 지키지?"

"아빠."

서른이 넘은 딸은 다섯 살 아이처럼 손뼉을 치며 웃었다. 노신사는 미소를 띤 채 주름진 손으로 딸의 볼을 쓰다듬었다. 매일 저녁 집 안은 두 사람의 웃음꽃으로 가득했다.

아빠의 말기 암 이후, 작은언니는 사무실에 나가지도 않고 24시간 곁을 지켰다. 걱정스런 마음에 큰언니와 내가 간병인을 쓰자고 했지만 반대했다. 아빠는 본인이 지킬 거라며,

다른 사람 손에 맡길 수 없다는 게 이유였다. 언니는 힘든 내색을 하지 않았다. 특히 아빠 앞에서는 더욱 밝고 씩씩했다.

아빠의 간병을 위해 친정에서 지내게 되면서 옆에서 직접 본 작은언니의 효심에 감격하곤 했다. 언니는 아빠 곁에서 틈만 나면 얘기했다. 사랑한다고, 낳아 줘서 고맙다고, 아빠의 딸이라서 행복하다고. 물수건으로 얼굴을 닦아 주고 나서는 세계 최고의 미남이라며 엄지를 치켜들었다. 눈곱의 모양이 별처럼 사랑스럽다고도 했다. 건강이 매일 좋아지고 있으니 다 나으면 공기 좋고 마당 넓은 집으로 가서 호박이랑 가지를 심자고 했다. 딸이 사랑과 희망 넘치는 얘기를 계속할 동안 아빠는 아무 표정 없이 천장만 바라보다가 천천히 눈을 깜박였다.

암 소식을 듣기 전, 두 사람이 마주 앉아 도란도란 얘기 나누던 모습이 눈에 아른거렸다. 아빠는 둘째 딸의 허무맹랑한 얘기들에 핀잔은커녕 맞장구까지 치며 껄껄 웃었다. 헤아릴 수 없을 만큼 많은 시간을 함께하며 딸에게 길들여졌고 행복해했다. 행복한 길들임. 아마도 아빠는 소설 『어린 왕자』에 등장하는 사막여우의 기분을 누구보다 잘 알지 않았을까.

네가 나를 길들인다면 내 생활은 환히 밝아질 거야. 그렇게 되면 난 네 발걸음 소리와 다른 발걸음 소리를 구별하게 될 거야. 다른 발걸음 소리는 나를 땅 밑으로 숨게 할 테지만, 너의 발걸음 소리는 마치 음악처럼 나를 밖으로 불러 낼 거야. (중략) 네가 오후 4시에 온다면, 나는 3시부터 행복해질 거야. 4시에 가까워질수록 나는 점점 더 행복해지겠지. 4시에는 흥분해서 안절부절못할 거야. 그래서 행복이 얼마나 값진 일인가 알게 되겠지.

— 생 텍쥐페리, 『어린 왕자』 중에서

아빠는 대부분의 시간을 집에서 혼자 보냈다. 그러다가 전화벨이 울리면 걸음을 멈추고 재빨리 전화를 받았다. 수화기 너머로 들려오는 둘째 딸의 목소리를 들을 때마다 아빠는 반가워했다. 과장을 섞으며 들려주는 재미있는 이야기에 더없이 행복한 표정을 짓곤 했다. 딸이 퇴근해서 돌아올 시간이 가까워지면, 현관 너머 엘리베이터 소리에 귀를 기울였다가 현관문 앞으로 가서 딸을 맞이했다. 아빠는 딸을 신고 오는 엘리베이터 소리도 구분할 수 있을 정도였다. 그렇게 매일같이 행복한 기다림의 시간을 보냈다.

아빠의 퇴원 이후 어느 날 저녁이었다. 아빠는 이마에 물수건을 하고 누워 있었다. 작은언니는 그 곁에 앉아서 따뜻한 물수건으로 아빠의 손가락을 하나씩 닦아 주고 있었다. 그날따라 열이 좀처럼 떨어지지 않았던 아빠는 기운이 없어 보였다. 침대에 똑바로 누운 채 눈만 껌뻑이면서 딸의 물음에 속삭이듯 답했다.

"아빠는 누가 지키지?"

"깡패."

"깡패는 누가 지키지?"

"아빠."

작은언니는 아빠의 얼굴을 보며 웃어 보였다. 그때 나는 알았다. 아빠가 언니에게 길들여진 것처럼, 언니도 아빠에게 길들여졌다는 것을. 아빠의 따뜻한 눈빛과 밝은 미소에 작은 언니는 언제나 큰 힘을 받았다고 했다. 덕분에 하루하루를 행복 속에서 살아왔다고. 언니는 사무실에 있는 동안 지쳐 있다가도 전화로 아빠의 목소리를 듣고 나면 힘이 났고, 일을 마치고 집으로 올 때면 곧 아빠를 만난다는 생각에 기분이 좋아졌다고 했다. 그렇게 작은언니는 아빠와 함께한 행복에 길들여진 것이다.

아빠의 시한부 소식을 듣던 날, 작은언니는 의사에게 울면서 매달렸다. 제발 살려 달라고, 아빠 없이는 못 산다고. 하지만 그날 이후 작은언니는 울지 않았다. 오직 사랑하는 아빠가 옆에 있다는 사실에 감사해할 뿐. 그리고 간절히 바랐다. 언제까지나 아빠를 지킬 수 있기를, 아빠도 깡패를 지켜주기를.

。

노 부 부 의
대 화

퇴근해서 현관문을 막 열고 들어온 내게 엄마가 환하게 웃
으며 말했다.

"글쎄 아까 네 아빠가 나를 찬찬히 쳐다보더니 '고마워요,
여보' 이러는 거 있지."

나이 육십이 넘은 사람이 특별한 선물을 받아 신난 아이처
럼 들떠 있었다. 엄마는 그날, 결혼 생활 40여 년 만에 고맙
다는 말을 처음 듣고 무척이나 감격해했다.

부모님은 평범한 부부였다. 같은 나이대 여느 부부처럼 치
열하게 앞만 보며 달려왔고, 그 과정에서 본의 아니게 서로
상처도 주고받으며 미움을 쌓곤 했다. 여유가 없는 삶은 서

로의 마음을 따뜻하게 보듬어 주는 것을 인색하게 만들었다.

병원에 입원한 이후 "당신이 나를 강제로 이곳에 오게 했잖소" 하며 엄마를 원망했던 아빠. 아내와 말조차 섞으려 하지 않았고, 도와주려는 손길마저 매정하게 뿌리쳤다. 억울했던 엄마는 아픈 남편 앞에서는 꾹 참았지만, 때때로 딸들에게 하소연을 했다. 너무 속상한 날은 집에 가면서 다시는 병원에 안 온다며 입술을 깨물기도 했다. 이러다 두 분의 사이가 돌이킬 수 없게 돼 버릴까 봐 걱정이 될 정도였다. 하지만 그럴 필요가 없었다. 잠에서 깬 아빠는 어김없이 병실을 둘러보며 엄마를 찾았다. 집에서 옷만 갈아입고 곧 올 거라는 딸의 말에도 불안한 기색을 감추지 못했다. "네 엄마는 다시는 안 올 거다"라고 힘없이 말하며 고개를 돌렸다. 그러다 마침내 아내가 나타나면 금세 평온을 되찾곤 했다. 다시는 안 오겠노라 다짐했던 엄마는 매일같이 병원에 왔다. 집에서 며칠 쉬면서 건강 좀 챙기지 왜 나왔느냐고 묻는 내게 엄마는 눈을 흘기며 말했다.

"남편인데…… 어떡하냐, 그럼!"

40년이 넘는 세월을 함께한 부부는 서로에게 그런 존재다. 표현은 안 하지만 늘 곁에 있기를 바라는 존재. 하지만 정작 본인들은 그것을 잘 모른다. 지금껏 한 번도 서로를 향한 속마음을 제대로 표현한 적이 없었을 테니까.

아빠의 고맙다는 말은, 오랜 세월 동안 엄마의 마음에 난 상처를 한순간에 아물게 했다. 대신 그 자리에는 금세 새살이 돋아났다.

"나 이제는 네 아빠 하나도 안 미워. 빨리 나으면 좋겠다. 그동안 내가 목마르다면 바로 물 갖다 주고, 어깨 좀 주물러 달라 하면 다가와서 주물러 주고, 신임이랑 싸울 때는 무조건 내 편을 들어줬는데……."

잠든 아빠를 바라보는 엄마의 눈빛에는 애틋함과 그리움이 진하게 묻어 있었다. 엄마는 아빠가 병이 다 나으면 그간 못다 한 얘기들을 나누고 싶다고 했다.

노년이 된 아빠와 엄마는 안방 문을 열어 둔 채 침대에 나란히 엎드려 대화하곤 했다. 이따금씩 다가가 엿듣기도 했는데, 주거니 받거니 하는 대화는 아니었다. 주로 엄마가 얘기하고 아빠는 고개만 끄덕였다.

"신희한테 전화가 왔는데……."

"신임이가 사무실에서……."

"신화가 아무래도……."

"앞으로 우리 애들이……."

노부부의 대화에는 언제나 자식만 있었다. 그 많은 대화에 서로에 대한 얘기가 단 한 차례도 없는 것이 신기할 정도다. 하지만 두 사람에게는 익숙하기만 했다.

아빠가 잠에서 깼다. 멍하니 천장을 바라보는 남편의 옆에 엄마가 살며시 누웠다. 그러고는 말을 걸었다.

"여보, 잘 잤어? 어서 훌훌 털고 일어나. 그리고 우리 같이 여행도 가고 그러자."

아빠는 천천히 눈을 껌뻑이는 것으로 대답을 대신했다. 처음이었다. 두 분의 대화에 자식이 아닌 서로를 향한 이야기만 있는 것이.

。

아빠의
배냇짓

주말을 맞아 친정에 온 큰언니가 잠든 아빠 곁에 앉았다. 덤덤한 표정으로 티는 안 냈지만 지난 며칠 동안 많이 걱정한 눈치였다. 그러던 언니가 갑자기 놀란 목소리로 말했다.

"어머, 우리 아빠 배냇짓하면서 웃는 것 좀 봐."

"뭐? 웃었다고? 진짜?"

곧바로 다가갔지만 아빠는 쌕쌕거리며 자고 있을 뿐이다.

"응, 배냇짓했어. 아기들이 잠자다가 미소 짓는 거."

참으로 반가운 소식이었다. 아빠의 미소를 본 지 한 달이 넘었기 때문이다. 담도암 명의가 있는 큰 병원으로 옮기던 날, 택시 안에서 창밖의 공원을 바라보며 미소 지었던 아빠.

집으로 가는 줄 알고 그리도 좋아했다. 하지만 다른 병원의 환자복으로 갈아입은 뒤부터는 단 한 번도 웃질 않았다. 그토록 원하는 집에 왔는데도 말이다.

그랬던 아빠가 웃었다니. 너무도 그리웠던 미소를 다시 볼 생각에 가슴이 벅차기까지 했다. 사실 다음 날이 내 생일이었다. 막내딸의 생일 선물로 한 번 웃어 준다면 얼마나 고마울까? 기대에 차서 한동안 아빠를 쭉 바라봤다. 혹시나 놓칠세라 눈을 깜빡이는 것조차 참았다. 하지만 끝내 생일 선물은 없었다. 아빠의 미소는 잠시 스친 것이었다.

큰언니가 봤다는 배냇짓이 쉽사리 그려지지 않았다. 왜일까? 다른 사람이 아닌 아빠라서 그렇다. 나에게 아빠는 처음부터 어른이고 가장이었다. 딸 셋을 한꺼번에 안고도 남을 만큼 긴 팔과 넓은 가슴, 나를 앉히고 목마를 태워 주던 넓은 어깨를 가진 사람이었다.

하지만 아빠에게도 분명 그런 시절이 있었다. 몸 길이는 지금 내 팔 길이보다도 짧고, 사과만 한 얼굴에 이마, 눈썹, 눈, 코, 입이 올망졸망 자리했던 시절이. 여느 갓난아기가 그렇듯 하루의 대부분을 쌕쌕거리며 잠을 잤고, 그 작은 생명의 숨소리로 고요한 방을 채웠다. 배가 고프면 잠에서 깨서

'응애 응애' 울어 댔다. 자신을 낳아 준 이의 품에 안긴 채 익숙한 심장소리를 들으며 젖을 빠는 행복을 만끽하다가 배가 든든하게 채워지면 다시 스르르 눈을 감았다. 자면서 이따금씩 야무지게 다문 앵두 같은 입을 벌려 웃곤 했다. 그 배냇짓에는 더 바랄 것 없이 행복한 마음이 고스란히 담겨 있다.

당연한 사실을 이제야 깨달았다. 아빠도 그런 존재였음을. 매일같이 헤아릴 수 없을 만큼 깊은 사랑과 보살핌 속에서 지냈고, 눈에 넣어도 아프지 않을 자식이었다는 것을. 왠지 미안해지기까지 했다. 이를 내가 좀 더 일찍 깨달았다면 아빠를 대하던 행동이 다르지 않았을까? 그동안 내게 있어서 아빠라는 존재는 자식에게 사랑을 베풀기 위해 태어난 사람이었다. 그러니 나에 대한 사랑과 희생을 당연시하고 더욱 욕심내기도 했다.

못난 변명이지만 그것은 내 탓만이 아니었다. 나는 분명 아빠가 딸들을 아주 많이 사랑했노라고 말할 수 있다. 하지만 정작 당신 자신도 사랑했다고는 선뜻 말하지 못한다. 그렇게 마음속 모든 사랑을 자식에게 쏟고, 사랑을 받는 것보다 주는 것에 익숙한 모습을 보여 왔다. 그런 나날 속에서 아빠는 점점 잊어 버렸을 것이다. 자신이 어떤 존재였는지.

이제라도 아빠가 잊고 있던 소중한 사실을 일깨워 주고 싶었다. 그것이야말로 지금껏 큰 사랑을 받기만 했던 내가 아빠에게 해 줄 수 있는 일이었다.

잠든 아빠를 바라보며 노래를 불렀다. 속삭이듯 부드러운 목소리에 간절함을 담았다. 잠든 아빠의 마음 깊은 곳까지 전해지기를 바라면서.

아빠는 사랑받기 위해 태어난 사람

아빠의 삶 속에서 그 사랑 받고 있지요

아빠는 사랑받기 위해 태어난 사람

아빠의 삶 속에서 그 사랑 받고 있지요

。

사 랑 해.

고 마 워

출근길, 마을버스가 두 정거장을 지났을 때 작은언니로부터 전화가 왔다. 울먹이는 다급한 목소리가 수화기 밖으로 터져 나왔다.

"빨리 돌아와! 아빠가 숨을 안 쉬어."

"뭐? 바로 갈게. 기사님! 차 좀 세워 주세요, 빨리요!"

무슨 정신으로 택시를 잡아 탔는지도 모르겠다. 아빠가 숨을 안 쉬니 빨리 가 달라며 울먹이던 나. "손님, 이럴 때일수록 침착해야 해요"라던 택시 기사의 한마디에 짧게 심호흡하고 마음을 다잡았다.

아파트 1층에 도착하니 구급차의 요란한 불빛이 보였다.

시끄러운 사이렌 소리가 내게 서두르라며 재촉했다. 119 요원들이 이동 침대에 누운 아빠를 구급차에 옮겨 태웠고 엄마도 뒤따랐다. 나도 달려가 올라타서는 엄마 옆에 앉았다. 고막을 찢을 듯한 사이렌 소리에도 아빠는 차분히 눈을 감고 있었다. 엄마는 손으로 입을 막은 채 소리조차 못 내고 흐느꼈다. 나는 입술을 깨물며 속으로 '괜찮을 거야. 괜찮을 거야'를 되뇌었다. 곧 형부로부터 전화가 왔다.

"처제, 아버지 갈비뼈 다 나가니까 심폐소생술 하지 말라 그래. 나도 곧 갈게."

지금까지 네 분의 장례를 치른 경험이 있는 사람의 말이었다. 하지만 머릿속이 온통 하얘지는 바람에 말이 제대로 안 나왔다. 결국 119 요원에게 전화를 건네고 말았다.

"그럼 심폐소생술 안 하신다는 거죠? 네, 알겠습니다."

"여보!"

그 말에 엄마가 무너졌다. 엄마는 남편의 가슴에 얼굴을 묻고 꺼이꺼이 통곡했다. 사이렌 소리도 삼켜 버린 엄마의 오열이 내 가슴을 후볐다. 뜨거운 눈물이 볼을 타고 흘러내렸다. 나도 더 이상 어쩔 도리가 없었다. 고인 눈물 탓에 시야가 흐려졌다. 정신마저 몽롱해지려던 순간에 불현듯 며칠 전에 형부가 했던 얘기가 떠올랐다.

'사람은 호흡이 멈춰도 귀로 소리는 들을 수 있대.'

심장을 조이는 사이렌 소리, 가슴을 후비는 아내와 자식의 울음소리를 아빠가 듣고 있다! 가까스로 울음을 삼킨 뒤 엄마를 일으켜 세우면서 말했다.

"아빠가 우리 목소리 다 듣고 있어. 빨리 좋은 얘기만 해 드리자."

아빠의 손을 꼭 잡았다. 다른 손으로는 이마를 부드럽게 쓰다듬었다. 몇 분 전에 출근 인사를 하면서 만졌을 때처럼 여전히 따뜻했다. 숨만 안 쉴 뿐이지 따뜻한 체온은 그대로 였다. 아빠가 정말 우리 곁을 떠나는 걸까? 혹시 이 상황이 그저 꿈인 건 아닐까. 제발 꿈이었으면…….

"아빠…… 사랑해. 고마워. 아빠 덕분에 정말 행복했어. 사랑해. 아주 많이 사랑해. 우리는 걱정하지 마. 아무 걱정 마. 사랑해. 사랑해."

더 많은 얘기를 해 주고 싶었지만 같은 말만 반복할 뿐이 었다. 다른 말들이 떠오르지 않았다. 그래도 멈추지 않았다. 아빠가 들을 수 있는 시간이 얼마나 남았을지 모르지만 그 순간까지 계속하리라. 내 말이 아빠의 가슴 깊은 곳에 새겨

지기를 바랐다. 홀로 떠나는 낯설고 먼 길에도 지워지지 않고 아빠를 지탱해 주기를.

가까스로 울음을 가라앉힌 엄마도 입을 뗐다. 어깨를 들썩이며 한마디 한마디를 겨우 꺼내는 모습이 애처로웠다.

"여보…… 여보…… 고마워. 고마웠어. 고마웠어."

세상에서 가장 슬픈 감사의 말이었다. 며칠 전, 아빠가 그랬듯 엄마도 처음으로 남편에게 속마음을 털어놓았다. 40여 년을 함께한 부부의 마지막 인사……. 그것은 고맙다는 한마디 말로 충분했다.

。

한 밤 중 의
토 닥 임

밤이 깊었다. 맨바닥에 베개도 없이 옆으로 누워 아빠를
바라봤다. 어두운 불빛 아래서 막내딸을 향해 지어 보인 미
소가 달빛처럼 환하고 따뜻했다. 너무 아름다워서 눈물이 날
지경이었다. 하루 종일 많은 사람이 아빠를 찾아와 인사했
다. 그들은 이구동성으로 말했다.

"이야, 신화 씨 아버지 인상이 정말 좋으시네요. 그 연세에
이렇게 자연스럽게 웃는 게 쉽지 않은데……."

누군가는 이런 말도 했다.

"내가 아는 영정 사진 중에 최고다, 최고. 영정 사진 포토
제닉감이야."

그렇게 아빠는 자신을 찾아와 준 이들을 환한 미소로 맞이했다. 생전에 사람을 좋아해서 하루가 멀다 하고 손님들을 집으로 불러 막걸리를 대접해 주곤 했는데……

내가 어렸을 때, 동네 두부 장수와 우편 집배원은 우리 집 김치 맛을 알았다. 새 친구 사귀기를 좋아하던 아빠는 두세 번 인사 나눈 그들을 집으로 초대했다. 안주는 김치 하나였지만 손님들은 격의 없는 대접에 함박웃음을 짓곤 했다. 그 모습을 보며 행복해하던 아빠의 얼굴이 눈에 선했다. 그것은 긴 세월 변함없이 이 세상 마지막 순간까지도 여전했다.

영정 사진은 며칠 전에 주문해 둔 것이었다. 아빠가 허공에 대고 아이처럼 "아빠! 엄마!"라고 부르짖었을 때였다. 한 지인이 걱정스레 말했다. 그들의 부모님이 돌아가시기 얼마 전에 그랬다며. 그는 흔들리는 내 눈빛을 보며 영정 사진을 미리 준비해 두라고 조언했다. 그러면 아빠가 더 오래 사실 거라면서.

기대를 품었건만, 그 말은 역시나 속설에 지나지 않았다. 그 며칠 뒤에 영영 우리 곁을 떠나셨으니까. 사람 마음이란 것이 참 이상하다. 영정 사진을 볼 때마다 '만약 조금 더 일찍 준비했더라면……'이라는 생각이 드는 것을 보면 말이다.

영정 사진을 주문했던 날이 떠올랐다. 적당한 사진이 없었다. 친정에 있던 증명 사진은 분명 아빠 얼굴인데 다른 사람 같았다. 매섭게 뜬 눈, 굳게 다문 입을 보면 안 좋은 일이 있었던 걸까 싶을 정도였다. 그나마 몇 년 전 사진이라 지금보다 젊어 보이기는 했지만 영정 사진에 젊음이 담긴 것이 무슨 소용이란 말인가. 중요한 것은 그간의 삶이 녹아 있느냐다. 사진 한 장만으로 아빠가 어떤 사람이었는지 가늠할 수 있어야 했다. 문득 아빠가 입원했을 때 휴대폰으로 찍었던 사진이 떠올랐다. 가족에게 보여 주자 "그래, 이게 우리 아빠지" 하며 고개를 끄덕였다.

영정 사진을 찍었던 날은 절대 잊을 수 없다. 많은 것이 '처음'이었던 그날을. 아빠 몸속에 암 덩어리가 있다는 사실을 알게 된 것도, 아빠의 소중함을 깨달은 것도, 내 휴대폰에 아빠의 사진이 담긴 것도 모두 처음이었다. 막내딸을 보며 '브이' 하고 활짝 웃던 그 모습이 눈에 아른댔다. 우리를 둘러싸던 사랑의 온기도 여전히 생생하게 느껴졌다. 그때 나는 사진 속 환한 미소를 보며 다짐했다. 이 웃음을 지켜 주겠노라고, 반드시 병원이 아닌 멋진 곳에서 다시 한 번 행복한 아빠의 사진을 찍겠노라고.

무거운 걸음으로 사진관을 찾았다. 매년 나의 결혼 기념일 사진을 찍어 주는 사진사가 웃으며 나를 맞았다. 나는 다소 머뭇거리며 말했다.

"저…… 저희 아빠 영정 사진을……."

도중에 눈물이 왈칵 쏟아졌다. 그날 처음으로 내 눈물을 본 사진사가 휴지를 건네며 말했다. 힘내라고. 영정 사진을 준비해 두면 더 오래 사실 거라고.

"정말 그런 거죠? 이렇게 하면 우리 아빠가 더 오래 사시는 거겠죠?"

"그럼요."

사진관을 나와서는 친정까지 가는 버스 몇 대를 그냥 보냈다. 머리를 식히고 감정도 추스를 겸 목적지 없이 걷기 시작했다. 얼굴에 닿는 초가을 저녁 공기가 싸늘했다. 휴대폰을 들어 아빠의 사진들을 봤다. 병실에서, 병원 근처 공원에서 밝게 웃고 있는 아빠의 사진을 넘겨 보며 눈가에 고인 눈물을 훔쳐 냈다. 그러다 결국 길 잃은 아이처럼 엉엉 소리 내어 울고 말았다. 길 위의 많은 시선이 나를 힐끔거렸지만, 도저히 슬픔을 가눌 길이 없었다. 두 달 남짓한 기간 동안 아빠가 너무도 야위어 버린 것이, 그리도 잘 웃던 사람이 더 이상 웃지 않는 것이 가슴 아팠다. 무엇보다도 그 사진으로 영정 사진을 만든다는 것을 받아들이기가 힘들었다. 사진을 찍을 때만 해도 상상조차 못 했던 일이다. 간신히 마음을 추스리고 돌아오는 길에 속으로 간절히 바랐다. 부디 오늘 주문한 이 사진을 쓰는 일이 없기를……

그날 저녁, 식사를 마친 뒤 아빠 곁에 옆으로 누웠다. 잠든 모습을 가만히 바라보다가 나도 모르게 스르륵 눈이 감겼다. 어느 정도 지났을까? 내 어깨를 가볍게 톡톡 건드리는 손길에 눈을 떴다. 집 안의 불이 모두 꺼진 한밤중이었다. 깜빡 잠이 든 것인데 제법 깊은 잠에 빠졌던 모양이다. 방 안은 어둡지 않았다. 열 치료 장비의 빛이 은은한 조명이 된 덕분이다. 나를 가만히 바라보는 아빠가 보였다. 어깨에 닿았던 손길은 아빠의 것이었다.

다른 때 같으면 바로 일어나 앉았을 테지만 그날은 그대로 누워 아빠를 마주 봤다. 며칠간 아빠의 정신은 안개 속을 걷고 있었다. 말을 걸어도 반응이 없고, 눈은 초점을 잃은 채 천장만 멍하니 바라볼 뿐이었다. 그랬던 사람이 또렷한 눈동자로 나를 보고 있었다.

"아빠, 뭐 필요해?"

"아니…… 자라."

오랜만에 들어 본 다정한 목소리였다. 우리는 잠시 서로의 눈을 바라봤다. 내가 살며시 미소를 짓자 아빠는 천천히 고개를 끄덕였다. 서로를 말없이 바라보는 동안 많은 대화가 오고 간 느낌이었다.

아빠가 나를 톡톡 건드린 것은 뭔가가 필요해서가 아니었다. 그것은 부드러운 토닥임이었다. 아빠는 다 알았던 걸까? 막내딸이 얼마나 슬프고 힘겨운 하루를 보냈는지를. 사진관에서 집으로 돌아온 나는 일부러 밝은 척을 했다. 내 슬픔을 가족에게 보이지 않으려고. 특히나 아빠 앞에서는 더 씩씩했는데……. 아빠가 내 마음을 알아챘는지는 알 수 없는 일이다. 다만 그 토닥임이 아팠던 내 마음을 어루만져 준 것은 분명했다.

이후 아빠의 정신은 또다시 혼미해졌다. 이제 와서 생각하니 그날 아빠의 토닥임은 막내딸을 향한 마지막 인사였던 것 같다.

'신화야……. 우리 막내가 고생이 많다. 아빠는 네가 참으로 대견하다. 마냥 어린 줄로만 알았는데 가족도 잘 챙기고,

힘들어도 아무 내색도 하지 않더구나. 언제까지나 그렇게 꿋꿋하거라. 분명 그러리라 아빠는 믿는다. 사랑한다. 나의 딸 신화야.'

나는 또다시 아빠와 마주 보고 누워 있다. 영정 사진 속 아빠는 따뜻하게 웃어 주고 있건만 나는 울음을 멈출 수가 없었다. 슬픈 막내딸을 위로해 주었던 부드러운 토닥임이 사무치게 그리울 뿐이었다.

。

마 지 막
인 사

첫째 날

아빠의 사망 선고 직후 정지된 시간 속에 갇혀 버렸다. 의
사가 하얀 천으로 아빠의 얼굴을 덮는데도, 초점 없는 눈동
자로 그저 넋 놓고 바라볼 수밖에 없었다. 새하얀 천 위로 솟
은 오뚝한 콧날이 보였다. 안개처럼 흐려진 시야 속에서도
그것만은 선명하게 보였다.

직원이 다가와 재촉했다. 아빠를 영안실로 옮기겠다고. 고
인의 상태를 위해서라고 했다. 분명 몇 분 전까지만 해도 우
리와 같은 세상에 있던 사람이었다. 꺼져 버린 생명은 이렇
게 서둘러 그들이 있어야 할 곳으로 가야만 하는 것인가?

아빠와 함께할 시간이 정말 얼마 남지 않았다. 마지막으로 얼굴을 보고 싶었다. 서서히 손을 뻗었으나 하얀 천 바로 위에서 멈춘 손이 경련하듯 부들부들 떨렸다. 결국 두 손은 하얀 천을 향하는 대신 울음이 나오려는 입을 틀어막았다.

그때 작은언니가 도착했다. 이미 퉁퉁 부은 두 눈에는 눈물이 그렁그렁했다. 언니는 나를 보자마자 떨리는 목소리로 물었다.

"아빠는? 우리 아빠는?"

대답 대신 울음을 삼키는 나를 보자 언니는 재빨리 고개를 돌렸다.

"아빠! 안 돼, 안 돼!"

언니는 내가 손끝조차도 대지 못한 천을 단번에 거두고는 아빠의 이마를, 볼을 연신 매만졌다.

"아빠, 나 신임이야. 일어나 집에 가자. 얼른 일어나. 내가 더 잘할게. 미안해. 우리 같이 할 일도 많잖아. 벌써 이렇게 가면 나는 어떻게 해! 가지 마, 제발. 나 두고 가지 마."

평생을 아빠 바라기로 살아온 작은언니에게 아빠와의 이별은 뼈아픈 고통이었다. 나는 아빠 가슴에 얼굴을 묻은 언니를 일으켜 세웠다.

"그만 울고 어서 사랑한다고 얘기해. 지금 우리 아빠가 다 듣고 있어. 마음 편하게 해 드려야지."

작은언니는 가까스로 울음을 참으며 목멘 소리로 말했다.

"아빠 사랑해. 아빠는 내 보물이야. 아빠 고마워⋯⋯. 사랑해."

아빠는 아무런 답이 없었다. 작은언니 덕분에 다시 본 아빠의 얼굴은 하얀 천으로 덮이기 전과 달라진 게 없었다. 깊은 잠에 빠진 모습이 오히려 그동안 봐 온 모습과 같았다. 매일 밤, 잘 자라는 속삭임에 쌔근쌔근 잠을 자던 모습 그대로였다. 조심스레 손을 뻗어 뺨을 만졌다. 아직 이렇게 따뜻하기만 한데⋯⋯.

응급실에서 헤어지고 영영 못 볼 줄 알았던 아빠를 몇 시간 만에 다시 만났다. 영안실. 검은색 자루의 지퍼가 열리자 얼굴과 가슴이 보였다. 순간 다른 사람인 줄 알았다. 지난 두 달 반 동안 지독하게도 사라지지 않던 황달의 노란빛이 어느새 자주색으로 변해 있었다.

손바닥을 아빠의 뺨에 올린 순간 어깨 근육이 뻣뻣해졌다. 심장이 조여 숨이 멎을 것만 같았다. 뜨거운 눈물을 흘리며 반대쪽 뺨을, 이마를, 턱을 차례로 어루만졌다. 손바닥에 닿는 곳마다 얼음 같은 냉기가 느껴졌다. 그동안 아빠를 만질 때마다 느껴 왔던 온기는 이제 그 어디에도 남아 있지 않았다. 모든 게 단 몇 시간 만에 사라졌다. 아빠는 냉동고의 어둠 속에서 홀로 차갑게 식어 버렸다. 맨살 위로 드러난 앙상한 가슴뼈를 보니 가슴이 저려 왔다. 얼마나 추웠을까?

병원 직원이 울부짖는 가족들을 뒤로 물리고 지퍼를 닫은 다음 아빠를 냉동고 안으로 밀어 넣었다. 굳게 닫혀 버린 문에는 아빠의 이름 석 자가 선명하게 적혀 있다. 조금씩 실감이 났다. 아무리 발버둥 쳐도 깨어날 수 없는 악몽 같은 시간. 이건 결코 꿈이 아니었다.

둘째 날

멀리서 찾아온 조문객을 맞이하느라 입관식에 늦고 말았다. 문을 여니 온 가족의 시선이 유리벽 안을 향해 있었다. 거기에는 노란 수의를 단정하게 차려 입은 아빠가 누워 있었다. 딱딱하고 좁은 관 속에서 평온한 얼굴이었다. 엄숙한 표정의 장례지도사가 두 손으로 아빠의 왼팔과 오른팔을 차례로 접어서 배에 올렸다. 그는 다문 입에 힘을 주며 있는 힘껏 아빠의 팔을 접고는 가는 숨을 내뱉었다. 아빠는 딱딱한 나무토막같이 뻣뻣하게 굳어 있었다. 장례의 과정은 너무도 잔인했다. 특히 나에게 지독하게도 말하고 있다. 이제 그만 받아들이라고.

온 가족이 관 주변에 둘러 모였다. 고요하게 잠을 자는 아빠 곁에서 흐느꼈다. 이제 정말로 아빠의 모습을 보는 마지막 순간. 한 명씩 아빠에게 가까이 다가가 마지막 인사를 건넸다.

"여보, 사랑해. 고마웠어. 거기서는 아프지 말고 하고 싶은 거 다 하고 잘 지내. 애들이랑 내 걱정은 말고."

"아빠, 사랑해, 그동안 정말 고마웠어. 신화는 아빠 덕분에 행복했고 따뜻했어. 그곳에서 아프지 마. 우리 걱정도 하지 말고 재미있게 하고 싶은 거 다 하고 잘 지내."

"아빠, 사랑해. 우리 아빠는 다리도 엄청 길고, 얼굴도 갸름한 미남이고, 며칠 안 씻어도 냄새는커녕 향기만 가득했고, 아빠는 신임이의 엄청난 보물이고, 영웅이야. 아빠랑 같이 살았던 시간이 내 평생 최고의 날들이었고, 내 아빠라서 무진장 영광이었어. 지금껏 사랑했지만 아빠가 천국으로 이사 가도 더더욱 사랑할게. 약속할게. 귀한 내 아빠, 보석보다 아름다운 내 아빠, 존경하고 사랑해. 나중에 다시 만나자. 그 때까지 잘 지내야 해!"

"아빠, 사랑하고 감사했어요. 그곳에서는 이제 더 이상 아프지 말고 건강하게 행복하게 잘 지내세요. 그리고 엄마도 잘 돌봐 주세요."

끝으로 아빠에게 인사한 큰언니가 펑펑 울었다. 지금껏 내내 꿋꿋해 보였는데……. 이렇게까지 우는 것을 본 적이 없었다.

아빠는 평온한 얼굴로 가족의 마지막 인사를 들어 주었다. 그 얼굴 위로 관 뚜껑의 그림자가 서서히 드리워졌다. 심장이 마구 요동치기 시작했다. 마음이 급해졌다. 아빠를 이대로 보내면 안 될 것 같았다. 미처 못 한 말들이 너무나 많았다. 나는 고개를 저으며 간신히 참았던 울음을 터뜨렸다.

탕탕탕. 매정한 망치 소리가 가족의 오열을 뚫고 허공에 울려 퍼졌다. 딱딱한 관 뚜껑을 하염없이 매만지며 애타게 아빠를 불러 댔지만 아무 대답이 없었다. 마지막으로 보고 싶었다. 단 한 번만이라도, 딱 1초만이라도.

。

가 장 이 라 는
이 름

아빠는 서서히 멀어져 갔다. 모든 걸 송두리째 태워 버리는 저 불길 속으로. 아빠를 붙잡고 싶었다. 시간을 되돌리고만 싶었다. 하지만 내가 할 수 있는 게 아무것도 없었다. 그저 발을 동동 구르며 남아 있는 오열을 쏟아 낼 뿐이었다.

"어떡해……. 우리 아빠 어떡해……. 아빠! 아빠!"

고개를 저으며 아무리 울부짖어도 아빠를 실은 관은 멈추지 않았다.

쿵. 화장장의 무거운 문소리가 내 가슴을 쳤다. 아빠를 집어삼킨 사나운 불길이 맹렬하게 타올랐다. 나는 그저 불길의 잔인한 춤을 힘없이 바라봐야만 했다. 사망 선고 이후 가장 고통스러운 순간이었다. 바로 내 눈앞에서 아빠가 조금씩 조금씩 소멸되고 있었다. 하지만 나는 한순간도 눈을 떼지 않았다. 행여 저 속에 있는 아빠 모습이 보일까 하여.

두 시간이 흘렀다. 다시 가족 앞에 나타난 아빠의 모습에 목이 메여 숨조차 쉬기 힘들었다. 믿을 수가 없었다. 유리벽 너머 그 어디에도 내가 알던 아빠의 모습이 없었다. 7 대 3 가르마를 타고 단정하게 빗어 넘긴 은빛 머리카락, 나를 보며 하회탈 같은 웃음을 지어 주던 얼굴, 나와 꼭 닮은 가늘고 기다란 손가락, 집 안 끝에서 끝을 누비며 절뚝거리던 다리…… 그 모든 것이 있어야 할 자리에는 오로지 흩어진 가루만이 놓여 있다.

희뿌연 뼛가루 속에 뭔가 보였다. 유골 속에서 더욱 두드러지는 검은 색의 작은 물체. 위치상으로 봐선 오른쪽 다리 윗부분이었다. 아빠의 다리에 깊이 박혀 있던 쇳조각, 인공 고관절이었다. 우리 아빠가 맞았다. 이렇게 변해 버린 거구나. 단 두 시간 만에 모든 것이 사라졌다. 68년 동안 존재했던, 내가 지금껏 바라보고 만졌던 그 육신이. 아빠는 정말 우리 곁을 영영 떠나 버렸다. 다시 돌아올 수도 없다. 몸을 떠나 있던 영혼이 돌아갈 곳이 없어져 버렸다. 이제 더 이상 다정한 목소리를 들을 수도, 앙상한 나뭇가지 같은 손을 잡을 수도, 봄 햇살처럼 따사로운 미소를 볼 수도 없었다. 부정하고 싶은 마음이 깊을수록 받아들이는 고통은 처참하기 그지없었다.

내가 알던 아빠의 모습이 모두 사라졌지만 쇳조각만은 보란 듯이 원래 있던 자리를 지키고 있었다. 아무리 단단한 뼈도 가루로 만들어 버리는 불구덩이 속에서도 끈질기게 살아남았다. 다리를 절던 그 모습이 눈에 아른거렸다. 얼마나 불편했을까? 얼마나 아팠을까? 아빠의 유골 속에 남겨진 쇳조각을 볼수록 가슴이 미어졌다. 자식들 앞에서는 다리가 아프다거나 불편한 내색을 좀처럼 하지 않았던 아빠. 한 발 한 발 뗄 때마다 느껴지는 통증을 묵묵히 참으며 걷고 또 걸었을 테지. 내 눈앞에 놓인 작은 쇳조각은 아빠의 흔적이었다. 생전의 삶이 오롯이 남아 있는 마지막 흔적. 그것은 아픔을 묵묵히 견뎌 온 삶, 숱하게 닥쳤던 시련들을 감내해 온 세월이었다. 가장이라는 이름으로. 이제는 더 이상 아프지도 힘들지도 않길 바랐다. 부디 이제 모든 것을 훌훌 털어 버리길……. 홀로 깊은 한숨을 쉬며 가슴을 치는 일도, 어깨를 짓누르는 삶의 무게를 힘겹게 견디는 일도 없기를…….

한 줌 재를 뚫어져라 바라봤다. 어떤 꾸밈도 없는 순백의 유골. 왠지 생전의 아빠 모습이 느껴졌다. 욕심 없고, 소탈하고, 차분하고, 강인한. 너무도 낯설고 믿기 힘든 모습으로 변해 버렸지만 분명 우리 아빠였다.

아빠가 가족의 품으로 돌아왔다. 떨리는 손으로 유골함을 조심스레 만졌다. 따뜻했다. 그 따스함이 갓 뜨거운 불길에서 나온 탓인지, 그동안 내가 알던 아빠의 온기인지는 알 수 없었다.

아빠를 납골 공원에 모셨다. 유골함이 놓인 위치에 내 눈높이를 맞추고 창밖을 바라봤다. 햇빛에 조금은 눈이 부시지만 푸른 하늘 위로 날아가는 한 무리의 새들을 보는 데는 문제가 없었다. 장례 기간 내내 하늘이 눈부시게 푸르렀다. 생전의 아빠 모습처럼 맑고 따사로웠다. 고개를 돌려 유골함을 쳐다봤다.

"아빠, 날씨가 참 좋지? 다행이다. 우리 아빠 먼 길 떠나는데 기분 좋은 가을 햇살을 받으며 가겠네. 힘들면 조금씩 쉬면서 푸른 자연도 구경하면서 가. 아빠…… 안녕. 잘 가."

。

가 을 하 늘 을
닮 은

버스 안 라디오에서 경쾌한 음악이 흘러나왔다. 버스 창문
을 열자 햇살을 머금은 따스한 바람이 내 볼을 보드랍게 쓰
다듬었다. 푸른 가을 하늘에 떠 있는 뭉게구름이 유난히 선
명해 보였다. 그날도 이랬다. 생애 마지막 호흡을 마친 아빠
가 마침내 눈을 감은 날. 그날의 하늘도 이처럼 아름다웠다.
감당하기 힘든 슬픔 속에서 맑은 가을 하늘만이 유일한 위로
였다.

"나는 죽으면 무조건 화장할 거요. 뼈도 그냥 훌훌 뿌려
버리고. 깨끗하게."

내가 어렸을 때, 손님과 술 한 잔을 기울이며 이렇게 말하던 아빠. 두 팔은 날개를 활짝 편 새처럼 벌리고 초연한 표정을 지었다.

"에이, 그래도 화장은 좀……."

손님의 미적지근한 반응에도 아빠는 절대 뜻을 굽히지 않았다. 방 한구석에서 종이 인형을 자르고 있던 나는 가위질을 멈추고 얼굴을 찌푸렸다. 아빠가 돌아가신다는 생각을 해본 적도 없고 생각하기도 싫었다. 무엇보다 이해가 안 갔다. 왜 화장을 하겠다는 건지……. 그 시절 사람들 대부분이 그랬듯 나 또한 화장에 대한 거부감이 컸다.

세월이 흘러도 아빠의 생각은 가족 누구로부터도 인정받지 못했다. 아빠가 급성 폐렴으로 중환자실에서 사경을 헤맸을 당시, 큰아버지가 병원을 찾았을 때였다. 큰아버지는 마지막일지 모르는 아빠의 얼굴을 말없이 바라만 보더니 면회 시간 막바지에 겨우 입을 뗐다.

"동생아, 곧 일어나라. 다시 보자."

그러고는 식당에서 빨개진 얼굴로 역정을 냈다.

"제수 씨 우리 집안에 화장이란 건 있을 수도 없는 일이요. 어떻게 죽은 사람을 또다시 태울 수가 있소?"

다행히 우려했던 일은 일어나지 않았다. 아빠는 형님이 다녀간 며칠 뒤에 건강을 되찾고 퇴원했다.

그로부터 7년 뒤 아빠는 돌아가셨다. 화장과 매장 중 택하라는 장례지도사의 말에 우리는 서로의 눈을 바라보며 고개를 끄덕였다. 화장을 택한 것이다. 평생토록 뭔가를 바라지 않았던 사람의 오랜 뜻이었으니까. 하지만 차마 유골을 뿌리지 못하고 납골당에 모셨다. 부디 딸들을 이해해 주길. 아빠의 뜻대로 훨훨 뿌려서 흔적조차 남지 않는 것을 견딜 자신이 없었다. 언제고 아빠를 찾아가 안부를 묻고, 가족의 소식을 들려주고 싶었으므로.

차창 밖으로 새 한 마리가 훨훨 날아가는 것이 보였다. 문득 궁금했다. 아빠는 왜 그토록 화장에 집착했던 걸까? 때마침 전화를 준 큰언니에게 물었다. 언니가 말했다.

"몰랐어? 자식들한테 부담 안 주려고 그러신 거잖아."

전화를 끊고 창밖으로 고개를 돌렸다. 초점 없는 눈동자에는 들어오는 게 없다. 화장하겠노라 말할 때의 아빠 모습만 아른거릴 뿐이었다. 아무렇지 않은 그 얼굴. 몸이 불타 없어지고 뼈마저도 바스러져 한 줌 재가 되는 것을 개의치 않았다. 아빠는 오로지 자식들을 위한 나날들로 삶을 채워 나갔다. 한순간도 마음에서 딸들이 없던 적이 없다. 언제 올지 모를 삶의 마지막 순간조차도 자신이 아닌 자식을 위한 것으로 준비했다.

유골을 훌훌 날려 버리라던 아빠. 자신의 흔적이 어디에도 남지 않기를 바란 것은 평생토록 품어 왔던 괴로움을 행여 딸들이 느낄까 싶어서다. 돌아가신 부모를 찾아뵙지 못하는 괴로움. 아빠는 그것을 누구보다 잘 안다. 삶의 전쟁터에서 하루하루 살아남기도 버거운 나날은 자식으로서 도리를 허락지 않았다. 부디 딸들은 그런 마음의 짐을 지는 일이 없기를 바랐을 뿐이다. 아빠에게 가장 큰 행복은 딸들이 웃는 것이요, 가장 큰 불행은 딸들이 힘든 것이다.

아빠를 만나러 가는 길. 다시 하늘을 올려다 보았다. 가슴이 벅차올랐다. 가을 하늘은 끝을 헤아릴 수 없을 만큼 높고도 깊었다. 그 무엇이라도 포용하는 넉넉함을 지닌 것이 꼭 아빠의 사랑과 희생을 닮았다. 흰 구름 사이로 따뜻하게 미소 짓는 아빠가 보였다. 살포시 미소로 화답했다. 뜨거운 눈물 한 줄기가 볼을 타고 흘러내렸다.

에필로그

    토요일 한낮의 햇살을 가득 담고 있는 거실. 남편이 다섯 살, 세 살배기 아들 둘을 번갈아 가며 번쩍 들어 어깨에 둘러 메고, 바닥에 내려 주면서 빙그르르 돌리고 있다. 투명한 유리알 같은 까르르 소리가 울려 퍼진다. 언제 들어도 좋은 아들들의 웃음소리에 이보다 더 행복할 수 있을까 싶다. "아빠, 한 번만 더!"가 벌써 몇 번째인지⋯⋯. 남편이 가쁜 숨을 몰아쉬며 "이제 그만" 하고는 털썩 주저앉아도 두 꼬마는 아랑곳하지 않고 아빠의 팔을 잡아끈다.

    "얘들아, 아빠 힘드셔. 이제 그만."

    엄마의 핀잔에도 먹힐 리가 있나. 녀석들에게 '아빠'는 이

세상 누구보다 힘센 존재니까. 남편은 조금 버텨 보다가 이내 못 이기는 척 엎드려 말 자세를 취한다. 남편에게서 아빠를 본다. 자식들의 행복을 위해서라면 언제든지 오뚝이처럼 일어나던 모습이. 딸들을 향한 웃음에 힘겨움을 날려 보냈던 세월이 이제는 보인다.

남편의 등에 올라타서 마냥 신난 아들들을 보다가 문득 생각해 본다.

'저 두 꼬마도 언젠가는 누군가의 아빠가 되겠지.'

작은 요정 같은 녀석들이 자라서 가정을 이끈다니! 생각만으로도 대견스러워 미소가 지어진다. 한편으로는 측은함도 든다. 하루하루 가장으로서의 삶에 충실하면서 얼마나 많은 것들을 포기하게 될까? 취미, 좋아하는 음식, 좋은 사람들과의 모임, 심지어 자기 건강을 챙기는 것까지 자식들보다 뒤로 미루면서.

녀석들에게 바라건대, 자신이 '아빠'이기 이전에 '한 사람'이라는 것을 잊지 않기를. 희생으로만 채워 가는 일상을 보내지 않기를. 부디 미래의 내 손주들은 내가 겪은 아픔을 겪지 않기를 바란다. 가장 가깝지만 가장 모르는 존재가 아빠였음을 뒤늦게 깨닫는 것. 그것은 참으로 가슴 아픈 일이다.

말기 암 후에야 아빠를 이해했던 나. 아무리 잘 해 드리고 싶어도 아빠는 이제 이곳에 없다.

　누군가 그랬다. 아빠는 천국에서 좋아하는 막걸리를 실컷 드시고, 이웃과 농담을 주고받으며 장기를 둘 거라고, 구름으로 이루어진 아름다운 산책길을 한가로이 거닐 거라고. 아빠가 그리울 때마다 그 말이 얼마나 큰 위로가 됐는지 모른다. 천국에 계신 아빠에게 선물을 드리고 싶어졌다. 구름길을 걷다가 잠시 의자에 앉아 쉴 때마다 읽을 수 있는 책을. 딸이 직접 써 내려간, 아빠가 주인공인 책을.

　작은언니와 나는 각각 책을 썼다. 나는 아빠의 시한부 선고 이후 깨달은 바들을 기록했고, 작은언니는 아빠를 '우주 최고로 행복한 아빠'로 만들기 위해 지난 7년간 해 왔던 기상천외한 행동들을 담았다.

　책을 쓰는 동안 엄마에게 완성된 글을 하나씩 읽어 드리곤 했다. 흐뭇한 얼굴로 감상하시는 모습을 보는 것은 크나큰 행복이었다. "너희 아빠가 정말 좋아하시겠다"는 말에 싱긋 웃었다. 책장을 넘기며 흐뭇하게 미소 짓는 아빠의 모습을 그려 보면서. 하지만 이내 아쉬움이 뒤따랐다. 아빠가 살아 계셨을 때, 그 손바닥 위에 놓아 드렸다면……

오늘처럼 햇살이 좋은 날에는 아빠와 함께 공원에 나가면 얼마나 좋을까? 팔짱을 끼고 걸으며 나무와 풀을 구경하고, 의자에 나란히 앉아 책을 읽어 주고 싶다. 아빠의 이야기를.

말기 암 치매 아빠와의 76일

비가 와도
꽃은 피듯이

초판 1쇄 인쇄 2018년 11월 30일
초판 1쇄 발행 2018년 12월 7일

지은이 노신화
펴낸이 김선준

기획편집 김수나
편집팀장 마수미 **편집팀** 문주영, 채윤지
디자인 김미령, 디자인 쓰봉
마케팅 오창록, 장혜선
외주 디자인 송윤형

펴낸곳 포레스트북스 **출판등록** 2017년 9월 15일 제 2017-000326호
주소 서울시 마포구 동교로 64-9 2층
전화 02) 332-5855 **팩스** 02) 332-5856
홈페이지 www.forestbooks.co.kr **이메일** forest@forestbooks.co.kr
종이·출력·인쇄·후가공·제본 (주)현문

ISBN 979-11-89584-07-8 (03810)

• 책값은 뒤표지에 있습니다.
• 파본은 구입하신 서점에서 교환해드립니다.
• 이 책은 저작권법에 의하여 보호를 받는 저작물이므로 무단 전재와 복제를 금합니다.
• 도서의 국립중앙도서관 출판예정도서목록(CIP)은 서지정보유통지원시스템 홈페이지(http://seoji.nl.go.kr)와
  국가자료공동목록시스템 (http://www.nl.go.kr/kolisnet)에서 이용하실 수 있습니다.
  (CIP제어번호: CIP2018037771)

포레스트북스(FORESTBOOKS)는 독자 여러분의 책에 관한 아이디어와 원고 투고를 기다리고 있습니다. 책 출간을
원하시는 분은 이메일 writer@forestbooks.co.kr로 간단한 개요와 취지, 연락처 등을 보내주세요. '독자의 꿈이
이뤄지는 숲, 포레스트북스'에서 작가의 꿈을 이루세요.